所有の証

　それは本当に偶然だった。殺人事件で招集がかかり、現場に赴くと、向かいが若宮の暮らすマンションだったのだ。捜査中は他の刑事たちの手前、立ち寄ることもなかったが、佐久良が興味深そうに見ているのに気付いた若宮に招待され、望月も一緒に訪ねることになった。

　これまで三人で会うのは、ほとんどが佐久良のマンションだった。二人がどんなところに住んでいるのかも、佐久良は知らなかった。望月は警察が借り上げたマンションで暮らしていて、若宮は好きな場所を選びたかったからと、個人の契約だ。

　室内は広めの1ルームだった。ベッドとローテーブルにテレビボードくらいしか、家具はない。後は最低限の家電といったところだ。

「浮気を疑ってるわけじゃないが、つけてないよな？」

　佐久良は近づいてきた若宮の耳をじっと見つめる。これまで耳に何か飾りがあった記憶はないし、あれば絶対に気づいたはずだ。

「それ、挟むタイプのだから、穴は必要ないんですよ。さすがに警察入ったときに穴は塞ぎました」

　若宮によれば、ピアスも着け続けていないと、せっかく空けた穴も塞がってしまうらしい。そして、若宮は高校時代には一般的なピアスをしていたそうだ。

「これなら、班長もつけられますよ。つけてみる？」

「似合うわけないだろう。それに、わざわざ休みの日にだけ着けるのも面倒じゃないか？」

「見えるとこに着けなきゃいいんだって」

　若宮にそう言われて、佐久良が想像した

「かっこいいのに、可愛くていやらしいとか最高すぎるでしょ」
「馬鹿を言うな」
illustration by TOMO KUNISAW

飴《あめ》と鞭《むち》も恋《こい》のうち～SECONDヴァージン～

いおかいつき
ITSUKI IOKA

イラスト
國沢 智
TOMO KUNISAWA

Lovers Label

CONTENTS

1

仕事終わりに三人揃《そろ》って食事をするのも、そう珍《めずら》しいことではなくなった。だが、その後、マンションまで一緒に帰ってくるのは久しぶりだ。

部屋に着いて、佐久良晃紀《さくらあきのり》はまずコートとジャケットを脱《ぬ》ぎ、ネクタイを外してから、ソファに腰を下ろす。その間、若宮陽生《わかみやはるき》と望月芳佳《もちづきよしか》はまだ数えるほどしか訪れていないこの部屋を我が物顔で移動していた。

若宮はキッチンに向かい、佐久良のために飲み物を用意する。望月は帰宅後の習慣である手洗いとうがいのために洗面所だ。

佐久良が二人から告白され、どちらも選べずに二人同時に付き合うという選択《せんたく》をしてから、一ヵ月が過ぎた。とはいっても、こうして三人でゆっくりとした時間を過ごせることはあまりない。

三人とも揃って捜査一課《そうさいっか》の刑事《けいじ》だから、というのが最大の理由だ。それでも二人は佐久良が班長《はんちょう》を務める班に所属《しょぞく》しているから、まだ休みは合わせやすい。

「はい、班長」

キッチンから戻ってきた若宮が、手にしていたトレイから湯飲みを持ち上げ、佐久良に差し出す。

「ああ、ありがとう」

佐久良は若宮から差し出された湯飲みを受け取る。飲んだ帰りとはいえ、外は寒かったから、熱いお茶が冷えた体に染み渡る。佐久良の凜々《りり》しい顔から緊張《きんちょう》と寒さによる硬さが取れ、安堵《あんど》がもたらす柔《やわ》らかさが戻ってきた。

「美味《うま》いな。こんな茶葉、うちにあったか？」

「班長に飲んでもらおうと思って持ってきてたんですよ」

佐久良の反応が嬉《うれ》しかったのか、若宮は満面《まんめん》の笑みだ。明るい茶髪で派手《はで》な顔立ちのイケメンだから、その笑顔には人を惹《ひ》きつける魅力《みりょく》がある。

「マメだな、相変わらず」

「恋人を甘やかすのは俺の趣味なんですー」

冗談《じょうだん》めいた口調で、若宮はいつもの台詞《せりふ》を口にする。恋人は甘やかしたいのだという若宮の口癖《くちぐせ》を、佐久良はこうしてしょっちゅう実感させられていた。

「班長、コートとジャケットにスプレーをかけときますね」

洗面所から戻った望月が、佐久良のコートとジャケットを手に取り玄関へと向かった。まだ風邪《かぜ》やインフルエンザが流行っているからと、望月が持ち込んだ抗菌《こうきん》作用のあるスプレーが玄関に置いてある。佐久良も一人のときは自分でスプレーを噴《ふ》きかけているが、望月がいれば望月の役目となっていた。

「相変わらず、神経質な男だな」

扉《とびら》の向こうに消えた望月に対して、若宮が呆《あき》れ口調で言った。

「俺の心配をしてくれてるんだ。一人だと健康管理はおざなりになる」

「してほしいなら、俺がずっと泊まり込んで管理してあげますよ」

「それを頼むと、俺の体力がもたなくなりそうなんだが？」

「ばれてる」

若宮が声を上げて笑う。こんなふうに軽口を言い合えるのも、心に余裕ができたからだ。ずっとかかり切りになっていた強盗殺人事件《ごうとうさつじんじけん》が無事に解決したからこそ、心から笑えた。

「若宮さん、あんたも上着を除菌《じょきん》してくださいよ」

「細かいなぁ」

ぼやきながらも、名指しされた若宮はジャケットを脱ぎながら、玄関へと向かう。その間に、佐久良はスマホを手に取った。

「俺が戻ってきた途端《とたん》、スマホですか？」

望月が不服《ふふく》そうに言いながら、佐久良の隣に腰を落ち着ける。あまり表情を変えない男だが、眼鏡《めがね》の下の目が僅《わず》かに細められていて、不機嫌《ふきげん》になったことがわかる。

「ニュースだけ確認させてくれ」

肩に回される手をそのままに、佐久良はスマホの画面に目を落とす。

朝一番にも目を通すが、帰宅してからもチェックする。自分に関わる事件だけでなく、今、世間で起きていることを簡単にでも把握《はあく》しておきたかった。

ウエブサイトのニュース一覧を眺《なが》めていた佐久良は、目についたニュース記事を開いてみた。

「何かありました？」

佐久良の手の操作を見ていた望月が、隣から画面を覗《のぞ》き込んでくる。

「この裁判《さいばん》、担当している弁護士《べんごし》が高校の同級生だ」

隠《かく》すことでもないから、佐久良は正直に答える。この記事が目についたのも、『御堂龍宏《みどうたつひろ》弁護士』という肩書き付きの名前があったからだ。

「ってことは、御堂弁護士もJ大附属《ふぞく》高校？」

問いかけたのは、戻ってきた若宮だ。空《あ》いていた反対側の佐久良の隣に座り、望月と同じようにスマホの画面を覗き込む。

「そうだ。よく知ってるな」

佐久良は少し驚《おどろ》いた。普段の生活で出身校の話題になることなどそうそうない。実際、佐久良は同僚《どうりょう》などに自ら出身校を話したことはなかった。

「班長のことならね」

「俺もです」

若宮に同意した望月が、口元だけでニヤリと笑う。

「班長は幼稚舎《ようちしゃ》から大学までJ大ですよね」

望月の言うとおりなのだが、そこまで知られていることに、佐久良は若干《じゃっかん》の寒気《さむけ》を覚えた。自分に対する彼らの執着心《しゅうちゃくしん》は理解していたつもりだが、まだまだ甘かったようだ。

「さすが、江戸時代から続く老舗《しにせ》の息子」

感心したように呟《つぶや》く若宮に、佐久良は苦笑いするしかない。

佐久良の母校であるJ大附属校がお金持ち校だとか、お坊《ぼっ》ちゃん校だとか言われているのは知っている。実際、佐久良も親の金があるから、幼稚舎から大学まで十何年も通い続けられたのだ。

それに若宮も佐久良を馬鹿にして言ったわけではない。ただ事実を口にしただけだというのは、これまでの付き合いでわかっているから、腹が立つこともなかった。

「御堂弁護士も同じですか？」

「いや、大学は違ったな。外部進学はさほど多くないから、記憶に残ってる」

「その口ぶりだと、あまり親しくなかったんですね？」

確認するかのような望月の問いかけに、佐久良はそうだと頷《うなず》く。

「同じクラスになったことが一度あったくらいだ」

佐久良は記憶を辿《たど》りながら答えたのだが、二人の顔つきは険《けわ》しい。若宮は軽く眉間《みけん》に皺《しわ》が寄っているし、望月は全くの無表情で、これは怒っているときの顔だ。

「本当に全く親しくなかったからな。在学中ですら話をすることはほぼなかったし、高校を卒業してからは一度も会ってない」

何故《なぜ》、こんな言い訳めいたことを口にしなければならないのかと思いながらも、二人の表情が佐久良に嫌な予感を抱かせる。

「でも、覚えてた。弁護士になってたのも知ってたんですよね?」

問い詰める若宮の顔が近づいてくる。

「積極的に調べたわけじゃない。目立つ名前だから、こんなふうにニュースになったときに知っただけだ」

持ち上げたスマホを望月が取り上げ、テーブルに置いた。

「そうだったとしても、俺たちといるときに他の男の名前を出すのはマナー違反じゃないですか」

にじり寄ってきた望月の太腿《ふともも》が佐久良のそれと密着する。

「何か意図があって言ったわけじゃ……」

佐久良の言葉は覆《おお》い被《かぶ》さってきた若宮の唇《くちびる》に呑《の》み込まれる。

若宮の口づけは言葉を奪《うば》うだけでは終わらなかった。強引に唇を押し開き、その中へと舌を差し込んでくる。

キスもそれ以上のことも人並《ひとな》みに経験はあったはずなのに、若宮に舌を絡《から》められると、身体に力が入らなくなる。押し返そうとした手は、ただ若宮の肩に添えるだけしかできない。

「……っ……」

不意に胸元に違和感《いわかん》を感じて、佐久良は身体を震《ふる》わせる。まだシャツは身につけたままなのに、素肌に手のぬくもりを感じるのだ。

「班長、本当にキスが好きですね」

まだ若宮とのキスは続いている。だから聞こえてくる声は望月のものだ。耳に唇が触れるほど近くで囁《ささや》かれ、それが背筋《せすじ》を震わせる刺激《しげき》になる。

「もう乳首が立ってます」

望月は言葉で佐久良を煽《あお》りながら、その証拠《しょうこ》だとばかりに指先で胸の尖《とが》りを弾《はじ》いた。若宮のキスに翻弄《ほんろう》されている間に、シャツのボタンを望月に外されていたようだ。

「んっ……はぁ……」

刺激に首を反《そ》らせた瞬間、顔が離れ、佐久良の口から甘い息が漏《も》れ出る。

「邪魔《じゃま》すんなよ」

「邪魔？　むしろ感謝してほしいくらいですけどね」

佐久良の顔の前で二人が言い争う。その様子に少しだけ冷静さが戻った。二人が何を揉《も》めているのかと、その視線を辿る。

「なっ……」

視線の先の光景に、佐久良は羞恥《しゅうち》で言葉をなくした。二人が見ていたのは佐久良の身体だ。シャツのボタンが外されているのは予想していたが、その下、ベルトは抜かれ、スラックスの前も緩《ゆる》められているとは思わなかった。そのせいで、股間《こかん》がやんわりと盛り上がりを見せているのを二人に知られてしまった。

「お仕置きするつもりだったのに、これじゃ、班長を喜ばせてるだけだなぁ」

そう言って、若宮が楽しそうに笑う。

「お仕置きって……、そんなことをされる覚えはない」

「俺たちの前で他の男の名前を口にした。それだけで充分お仕置きに値します」

不穏《ふおん》なことを口にしながらも、望月の口角が僅かに上がっている。お仕置きなどただの口実だというのは明らかだ。

二人をこの部屋に招いたときから、こうなることはわかっていて連れてきたのだが、こんな帰宅してすぐは心の準備ができていない。

「先にシャワーを浴びさせてくれ」

佐久良はせめてもの願いを口にする。今はコートが必要なほど寒く、室内も汗《あせ》を掻《か》くような温度でもなかった。それでも一日仕事をした身体のままで抱き合うのは抵抗があった。それにバスルームを経由すれば、寝室へと場所を変えられる。リビングというのも佐久良が躊躇《ためら》う理由の一つだった。

「却下《きゃっか》です。お仕置きなのに要望が聞き入れられると思いますか？」

望月に冷たく言い放たれ、それならと佐久良は若宮へと視線を移す。

「大丈夫。ちゃんと後で綺麗《きれい》に洗ってあげますから」

にやりと笑う若宮に退路を完全に断たれた。

既《すで》に半裸《はんら》状態になっていたが、そこから更《さら》に二人はそれぞれ手際《てぎわ》よくシャツを脱がせ、下肢《かし》からも余計なものを一切取り払う。靴下《くつした》まで脱がせたのは若宮だ。見かけによらず、マメで尽《つ》くしたがりの性分《しょうぶん》はこういうときにも発揮《はっき》される。

「さっきよりも大きくなってますね」

望月の言葉と二人の視線に、佐久良は焼けつくような羞恥を覚えた。指摘《してき》されずとも、自らの身体がどうなっているのかはわかっていた。だが、二人に両手を取られて、隠しようがなかった。

「まだ触ってないのに、元気だなぁ」

感心したような若宮の台詞が、さらに佐久良を熱くする。

「知ってますよ、ベッドじゃないところのほうが興奮《こうふん》するんですよね？」

「違う、これは……」

弁解しようとしたが、言葉が見つからず、佐久良は唇を噛《か》みしめる。

二人とこんな関係になってからというもの、否が応でも自らの淫《みだ》らさを思い知らされていた。

過敏《かびん》すぎるほど感じてしまうことも、言葉だけでも昂《たか》ぶることも、二人に教えられるまで知らなかった。

「じゃあ、期待してるから？　これから俺たちに何をされるんだろうって期待して勃《た》ってるんですか？」

若宮の問いかけは、直接耳へと吹《ふ》きかけられる。その唇は耳を食《は》み、ぞくりとした快感《かいかん》を佐久良に与える。

「本当にいやらしい人ですね。触らなくてもイケそうですよ」

反対の耳を望月の声が犯《おか》す。

両方の耳を言葉で嬲《なぶ》られ、中を息で犯され、舌で舐《な》め上げられる。仲が悪い癖《くせ》に、こんなときだけ相性のいい二人は、巧《たく》みに佐久良を昂ぶらせていった。

「ここも……」

そう言いながら、若宮は指の腹を胸の尖りにぐりぐりと押しつける。小さな尖りでも芯《しん》を持ち固くなったことで、押さえつけられるだけでも軽い痺《しび》れを感じて息が漏れた。

「んっ……」

「すっかりここで感じるようになっちゃって」

楽しげに言った若宮の言葉に、同意するように望月が笑う。

「そんな体にしたのは俺たちですけど、そのせいで、班長の乳首、前よりも少し大きくなりましたね」

「このまま俺たちに愛され続けると、班長、人前で肌を見せられなくなりますよ」

自分の乳首などじっくりと見ることもないから、その指摘が正しいのかどうかはわからないが、二人がそこを凝視《ぎょうし》しているのは感じる。意味を持った熱い視線だけでも身体を熱くさせられるのに、それ以上にいたたまれなくさせる言葉が佐久良の口を開かせた。

「それ……」

「乳首がどうかしましたか?」

小さな声も聞き逃さず、望月が顔を覗き込んで尋ねる。

「そっちじゃない」

慌《あわ》てて否定してから、佐久良はどう言おうかと言葉を探す。そんな佐久良の様子に気付き、若宮も促《うなが》すように顔を覗き込む。

「何?　してほしいことがあったら言ってください」

恋人には尽くしたいのだという若宮らしい、甘やかすような優しい口調が、佐久良の緊張を解《と》きほぐす。

「こんなときは班長と呼ばないでくれ」

「名前で呼んでほしいってこと?」

「いや、班長でなければ何でもいい」

「ああ、仕事を思い出すからですか」

望月がすぐに気付いた。公私の区別はつけているつもりだが、呼称《こしょう》が同じだと、どうしても引きずられてしまう。

部下とこんな関係になっているのだと、『班長』と呼ばれる度に背徳感《はいとくかん》に苛《さいな》まれ、いたたまれない気持ちになるのだ。

「班長のお願いだから変えるけど、何でもいいは味気ないなぁ」

「確かに」

二人はまた息の合ったところを見せる。

「そうだな。俺は……晃紀、って呼んでいいですか？」

いきなりの呼びかけに、ドクンと心臓が高鳴る。もう長い間、家族以外には呼ばれることのなかった名前だ。友人たちからは『佐久良』、過去の恋人たちも何故か皆『佐久良さん』だった。名前の呼ばれ方に深い意味などないと思っていたのに、こういう状況《じょうきょう》だからなのか、特別な響《ひび》きがあるように感じた。

「あ、ああ。それでいい」

佐久良は動揺する気持ちを隠して答える。

「それじゃ、俺は晃紀さんと呼びますね。年下に責められてる感が増すでしょう？」

望月がくすっと笑って言った。望月は佐久良よりも九歳年下の二十七歳で、若宮もまだ三十歳だ。年下の二人にいいようにされていると思い知らされるのも恥ずかしいが、部下と上司でいるよりも遥《はる》かにマシだ。

「好きなように呼んでくれ」

佐久良の返事を受け、望月から笑顔が消え、その瞳《ひとみ》に再び、熱い情欲の色が戻る。

「お喋《しゃべ》りはここまでです」

「そうそう。焦《じ》らされすぎて、もう限界なんですけど」

若宮は佐久良の手を取って、自らの股間へと導いた。まだスラックスを穿《は》いたままだが、その上からでも充分に昂ぶりはわかった。

同じ男だ。この状態では辛いだろうと、佐久良はその手をゆっくりと動かした。

「積極的なのは嬉しいですけど、どうせなら、生《なま》で触ってほしいな」

若宮の要求に佐久良は視線を彷徨《さまよ》わせる。だが、すぐに覚悟を決めて、若宮のベルトに手をかけた。

二人との関係を受け入れたのだから、ただされるだけ、快感を与えられるだけでいるのは、対等ではない。すぐに快楽に呑み込まれ、何もできなくなってしまうのだから、理性がまだ残っているうちは、佐久良も二人に応えたかった。

佐久良のように全裸にさせることは無理でも、前を緩めることはできた。すでに硬く力を持った若宮の屹立《きつりつ》を引き出し、その手に収める。

熱を持っているからなのか、少し湿《しめ》った感触の塊《かたまり》……。自身のもので馴染《なじ》みがあるとはいえ、その生々しさに手を動かせない。

「これ、晃紀のものだから。好きなように触っていいんですよ」

佐久良の手に若宮の手が重なる。そうして、促されるままに重ねた手に力を入れた。

手の中で若宮がピクリと震える。このくらいの力加減《かげん》でいいのかと、佐久良はおそるおそる手を動かした。

「晃紀はこれくらいの力加減が好き？　俺はもうちょっと強めがいいんですけど」

その言葉を証明《しょうめい》するかのように若宮が佐久良の中心を手のひらで包む。

「うっ……ふぅ……」

痛みは感じない程度に強く握《にぎ》られ、吐息《といき》が零《こぼ》れ出る。それに気をよくしたのか、その強さのまま、若宮は上下に扱《しご》き始めた。

「そちらは若宮さんに任せて、俺はこっちを楽しませてもらいます」

隣にいた望月が立ち上がり、佐久良の前へと移動すると、そのまま足下にしゃがみ込んだ。そうすることで、望月の顔がちょうど佐久良の股間辺りに位置してしまう。若宮に扱かれている様を間近で見られているのだ。羞恥に顔が熱くなる。

望月が若宮を見上げる。そこに言葉はなかったが、若宮はわかったというふうに頷くと、佐久良の足を持ち上げ、自らの足を跨《また》がせるようにして抱えた。

「ちょっ……これは……」

足を開かされたことで、その奥までが露《あら》わになる。しかも今は股間の位置に望月がいて、嫌でも視線を感じずにはいられなかった。即座《そくざ》に足を下ろそうとしたが、がっちりと若宮に押さえつけられて叶《かな》わない。

若宮を感じさせようとしていた手は完全に止まってしまう。だが、若宮はそのことを指摘せず、望月の行動を見守っている。

「こっちの足は自分で上げてください」

望月の非情な命令に佐久良は息を呑む。

「邪魔なんですよ。ちゃんと見えないでしょう?」

どこをちゃんと見たいのか、言葉にされずとも望月の熱い視線が明らかにしていた。

命令に従う義務などない。だが、従わないともっと辱《はずかし》めを受けることを、これまでの経験で身体が覚えていた。

佐久良は震えながら足を持ち上げ、立て膝《ひざ》をするようにソファに乗せた。

「それじゃ、ダメですよ。ちゃんと開いてくれないと」

望月が嬉しそうな笑みを浮かべ、佐久良を追い詰める。

「できる? 手伝いましょうか?」

優しく問いかける若宮に、佐久良は頭を振り、唇を噛みしめ、ゆっくりと足を開いた。

「よくできました」

「ああっ……」

露わになった奥に息を吹きかけられ、甘い息が漏れる。

「晃紀さんのここは正直ですからね。すごく期待してヒクヒクしてますよ」

「言うなっ」

「どうして？　期待されてて俺たちは嬉しいのに」

クスクスと笑う声が耳から首筋へと降りていく。

首筋を舐め上げられ、そのまま鎖骨《さこつ》まで若宮の舌が移動する。鎖骨の窪《くぼ》みに舌を這《は》わせながら、若宮は手で胸の尖りを撫《な》で始めた。

既に佐久良の中心ははっきりと昂ぶりを見せていた。それが若宮の手で胸を弄《いじ》くられる度、嬉しそうに震える様を、至近距離で望月に見つめられる。快感よりも羞恥でおかしくなりそうだった。

「ひぁっ……」

濡《ぬ》れた指先に後孔を撫でられ、上ずった声が上がった。

いつの間に準備していたのか、望月の指はローションで濡らされていた。佐久良が自分で部屋に置いてはいないのだから、おそらく手洗いから戻ったときには持ってきていたのだろう。お仕置きだと言いながら、二人は最初からベッドまで行くつもりはなかったということだ。

「く……ぅ……」

指先が中へと押し入ってくる。佐久良は眉間に皺を寄せ、その異物感に耐《た》えた。このあと指以上のものを体内に埋《う》め込まれるのだとわかっていても、最初のこの瞬間の異物感が消えることはない。

「こっちに集中しましょうか」

若宮が声で促してから、背を丸め、佐久良の胸元へ顔を近づけた。

「ふぁ……」

尖った乳首に吸い付かれ、そこから甘い痺れが走る。

舌先でこね回されても、軽く歯を立てられても、腰が揺れる。胸に与えられる全ての刺激が佐久良に快感を与えた。佐久良の乳首を性感帯へと変えた張本人の一人である若宮は、嬉しそうに吸い付いたまま、もう片方の乳首も指で抓《つま》んでいた。

そうやって絶え間なく胸への愛撫《あいぶ》を続けられたおかげで、後孔へ沈《しず》んだ望月の指への不快感はいつの間にか消え失せ、知らぬ間に本数も二本へと増えてしまっていた。

「ああっ……んっ……」

中の指に前立腺《ぜんりつせん》を擦《こす》られ、堪《こら》えきれずに嬌声《きょうせい》が上がる。

どこをどう刺激すれば、佐久良を感じさせられるのか、若宮も望月も熟知《じゅくち》している。そんな二人に胸と後孔を同時に責められ、佐久良が限界に近づくのは早かった。

ぐちゅぐちゅと淫猥《いんわい》な音が響くのは、望月が注《つ》ぎ足しているローションのせいだけではない。佐久良の屹立から零れ出した先走りが伝い落ち、奥まで濡らしているせいでもあった。

そんな切羽《せっぱ》詰まった状況になっているのに、若宮も望月も佐久良の屹立には触れようとしない。もう限界だった。佐久良は自らに手を伸ばそうとした。

「ダメですよ」

佐久良の手は自身に到着する前に、若宮によって弾かれる。

「な……んで……？」

「すぐにイクとバテるでしょ。夜は長いんだから、じっくりと楽しまないと」

胸から顔を上げた若宮はそれだけ言うと、すぐにまた胸へと顔を埋める。

「だったら……どっち……か……やめ……っ」

言葉はどうしても途切《とぎ》れてしまう。胸と奥を同時に責められ、まともに喋ることはできなかった。

「ちゃんと解《ほぐ》さないと、辛いのは晃紀さんですよ。それに、こっちは抜いてほしくなさそうですけど？」

からかうような響きを含んだ声に、佐久良は羞恥で顔を背《そむ》ける。自分では見ることができない場所でも、実際に望月の指を締め付けている感覚はあった。抜いてほしくないからではないと思いたいが、中を擦られて快感を得ているのは事実だ。

「こっちもそうですよ。ビンビンに尖らせてるのに、やめたら物足りないって」

若宮の言葉に応えるように、弄られて赤くなった乳首がピクリと震える。

「ホント、身体は正直ですね」

楽しげな若宮の声には、決して馬鹿にしたような響きは感じられなかった。ただ自分たちの愛撫に反応するのが嬉しいと、そう思っているのが伝わってくる。だからといって、恥ずかしさが薄《うす》れるわけではなく、佐久良は少しでも体を隠せないかと身を捩《よじ》る。

「あ……はぁ……」

自分が動いたせいで、望月の指に中を抉《えぐ》られた。零れ出た声は自分のものとは思えないほど甘かった。

既に後孔内の指は三本まで増やされ、それぞれの指が肉壁を押し広げていた。そこに別の指を使って、望月がまたローションを注ぎ足す。そのために差し込まれた指まで、佐久良の中は呑み込んでしまう。

「そろそろ良さそうですね」

望月は最後の一押しとばかりに、中に収めた指全てを半回転させ、佐久良をよがらせてから、一気に引き抜いた。

昂ぶった体は喪失感《そうしつかん》を覚え、佐久良は肩で息をしながら、黙って望月を見つめる。

望月は前を緩め、いきり立った屹立を引き出した。

「じゃ、打ち合わせどおり、今日は俺からいきます」

「早く終わらせろよ。俺も結構キテるんだから」

「早漏《そうろう》じゃないんで、無理ですね」

仲が悪いだけにすぐ言い争いになる。今、そんなことを始められては、昂ぶった体を持て余す。佐久良は震えながらも口を開いた。

「も……早くっ……」

順番なんてどうでもいい。早くイキたい。それだけしか、もはや佐久良の頭にはなかった。

「すみません。お待たせしました」

この場にそぐわない台詞を吐《は》いてから、望月がソファに乗り上げ、佐久良の腰を掴《つか》んで体を回転させ、自分の膝の上に乗せる。その間に若宮も場所を移動し、佐久良の背中をがっちりとホールドした。

望月が膝立ちになり、佐久良の腰が浮き上がった。そうすることで望月の屹立が佐久良の後孔に押し当てられる様が嫌でも目に入る。きっと望月は佐久良だけでなく、若宮にも見せつけようとしているに違いない。

「あ……あぁ……」

固くて熱い屹立が、ゆっくりと佐久良の中を犯していく。充分に解されたそこは、痛みを与えることなく、望月を包み込み受け入れる。

望月はすぐに動き出さずに、深く息を吐いた。

「気持ちいい……」

望月の口から零れたのは、誰かに聞かせるための言葉ではなく、思わず漏れた本音《ほんね》だった。

敬語が消えているのがその証拠だ。

「晃紀さんもすっかりコレの銜《くわ》え方を覚えたようですね」

「違……うぅ……」

否定の言葉は軽く腰を揺さぶられ、最後まで言えなかった。

「力の抜き方なんて、完璧でしたよ。そんなに欲しかったんですか?」

反論したくても、ずっと腰を揺すられていては、まともな言葉など出てこない。口を開けば、淫らな声にしかならなさそうで、佐久良は唇を噛みしめた。

「晃紀、あいつのことはただのバイブだと思って、俺に集中しましょうね」

柔らかく微笑《ほほえ》みかけながら、その表情とそぐわない台詞を口にした若宮が、そっと胸元へと手を伸ばした。

「んっ……ぁ……」

両手で両方の乳首を抓まれ、唇が解ける。さっきまで弄くられていたそこは、赤みを持って腫《は》れ上がり、じんじんとした痺れをもたらしていた。軽い刺激でも感じるほどに過敏になっているのに、強く抓まれては声など我慢《がまん》できるはずもなかった。

「バイブ扱《あつか》いは許せませんね」

「俺が……言ったんじゃ……あぁっ……」

若宮に負けまいと、望月が本格的に腰を使い始める。熱い昂ぶりで前立腺を擦られ、佐久良は嬌声を上げた。はっきりと感じていると訴《うった》える声が、さらに望月の腰使いを激しくする。そうなると、若宮も負けていられないと、忙《せわ》しなく手を動かす。

パンパンと双丘に腰を打ち付ける音が響き渡る。その音に佐久良の嬌声が重なり、室内には淫猥な空気が立ちこめ、三人の男の熱が室温を上げていく。

佐久良の屹立は限界にまで張り詰めていた。佐久良は無意識に自らへと手を伸ばす。過剰《かじょう》すぎる快感が佐久良から理性を奪い、それがどんなに淫らな姿をさらすことになるのか、想像できなかった。

望月に後孔を貫かれ、若宮に胸を愛撫され、自らは中心を扱いている。快楽に貪欲《どんよく》な男の姿がそこにあった。

「も……イク……」

自然と言葉が零れ出た。屹立を扱くのは佐久良自身。誰の許可を得ずとも達することはできる。佐久良の言葉は宣言《せんげん》だった。

ひときわ強く扱いた果てに、佐久良の屹立は白濁《はくだく》とした液体を、ほどよく鍛《きた》えた腹筋の上にまき散らす。

「そっちが勝手にイクなら、俺も勝手にさせてもらいますよ」

少し苛立《いらだ》ったような声の後、望月がぐっと奥まで突き入れた。

「待て……イッたばっか……あぁっ……」

「待たないのが悪いんです」

望月が大きく腰を引き、そして一気に奥まで突き刺《さ》す。

達したばかりの体にまた刺激を与えられ、佐久良の中心は再び熱を持ち始める。休む間もなく快感を与えられては、体も心も追いつかない。熱を逃そうと呼吸が荒《あら》くなる。瞳には涙《なみだ》が滲《にじ》んできた。

望月はそれから数回同じ動きを繰り返した後、佐久良の中で熱い迸《ほとばし》りを解き放った。

「な……中……」

佐久良は呆然《ぼうぜん》と呟き、腹に手を置いた。その中に何をされたのか、嬉しくないことに経験が教えてくれる。

「ゴムが間に合いませんでした」

望月が悪びれない顔で答える。

絶対に嘘《うそ》だ。中から掻き出す行為を楽しむために、わざとそうしたのだろう。明るいバスルームで中を洗われるのは、何度経験しても慣れることなどないし、恥ずかしさが薄れることもない。佐久良が羞恥に身悶《みもだ》える姿を楽しんでいるのだ。

潤《うる》んだ瞳で睨《にら》む佐久良に望月はニヤリと笑って返すと、

「休んでる暇《ひま》はありませんよ」

佐久良の腕を取って、その体を自らの元へと引き寄せた。望月に前からもたれかかるような体勢へと変えられる。

若宮が佐久良の腰を掴んで持ち上げ、四つん這いのような格好にさせる。

「ごめん。俺も限界」

言葉どおりに切羽詰まった響きが感じられる声が背後から聞こえてくる。確かに、望月に抱かれている間、ずっと背中に若宮の昂ぶりを感じていた。

後孔に熱い昂ぶりが押し当てられたかと思うと、身構える間もなく押し込まれた。

「ああっ……」

さっきまで望月の屹立を呑み込んでいたそこは、すんなりと奥まで若宮を受け入れた。押し出された声は快感によるものだ。

「晃紀も満足してなかった？」

ゆっくりと抜き差ししながら、若宮が問いかけてくるが、既に佐久良はまともに会話ができる状況ではなくなっていた。若宮に再び火をつけられた体は、与えられる刺激を貪欲に受け入れていく。

「やっ……あ……はぁっ……」

突き入れられ、甘い喘《あえ》ぎが引っ切りなしに零れ落ちる。佐久良の耳を犯すのは、そんな耳を塞《ふさ》ぎたくなる声だけでなく、ぶちゅっと液体が押しつけられ溢《あふ》れ出るような音もあった。

「お前、どんだけ出したんだよ」

呆れたような若宮の声が、音の正体を教えてくれる。望月が中に出した精液が、若宮の動きによって溢れ出ているのだ。

「後で若宮さんが洗うんでしょう？」

「当然」

若宮はそう答えた後、

「中まで綺麗に洗ってあげますね。だから、俺も中に出させて」

佐久良に向けて淫猥な言葉を投げかけた。お願いのような口ぶりながら、佐久良の返事は待っていない。望月が中に出した時点で、若宮もそうすると決めていたはずだ。

若宮が腰を打ち付けてくる。背後から犯されると、望月のときとは穿《うが》たれる角度が変わり、新たな快感を呼び起こす。佐久良の中心は完全に力を取り戻し、硬く勃ち上がっていた。

「いやらしい顔を見せてください」

望月が佐久良の顎《あご》を掴み、顔を上げさせる。

「そんなに気持ちいいですか？　蕩《とろ》けた顔になってますよ」

どんな表情をしているのかなど、佐久良にはわからない。目の前に鏡《かがみ》を持ってこられても、涙で滲んだ視界では確認できないだろう。

望月の指が佐久良の口元を拭《ぬぐ》う。喘ぎすぎて開きっぱなしの口から唾液《だえき》が溢れているようだ。その指はそのまま、佐久良の口中に忍び込んでくる。

「ふぁ……あぁ……」

上顎を指の腹で撫でられ、ぞくりとした震えが走る。口中を指でなぞられるだけでも快感になってしまうくらいに、佐久良の体で触れられて感じない場所などどこにもないような気さえしてくる。

指を入れられているせいで閉じることのできなくなった口からは、唾液が溢れ出す。後ろを犯され、口中を弄《もてあそ》ばれて涎《よだれ》を垂《た》れ流すなど、どれほどみっともない姿を晒《さら》しているのか。少しでも理性が残っていれば、振り払えたかもしれない。だが、今の佐久良は射精することしか考えられなくなっていた。

「早くっ……」

イキたいという願いを言葉に込める。それは若宮に届いた。

「今度は一緒にイキましょうね」

若宮が背中に覆い被さり、佐久良の耳元で囁きかける。佐久良は何でもいいからと夢中で頷いた。

佐久良の中心に若宮の指が絡み、先走りで滑った屹立を扱き立ててくる。

「あ……ああっ……」

先端に爪を立てられ、佐久良が射精したと同時に若宮も中へと解き放った。

立て続けに後ろを犯されイかされたことで、佐久良は激しく体力を消耗《しょうもう》し、ぐったりとして望月に体を預《あず》ける。

若宮はゆっくりと萎《な》えた自身を引き抜いた。そのはずみで佐久良の後孔からどろりと液体が溢れ出て、内腿を伝う。望月と若宮、二人分の精液だ。

「えっろ」

思わずというふうに零れ出た若宮の呟きが、佐久良の耳にも届いた。

何のことか確かめようと顔を向けると、にやついている若宮の視線が自分の尻《しり》に向けられている。

無防備な姿を晒しすぎた。佐久良はけだるさを押し切り、体を起こす。そうすることで更に奥から精液が溢れ出し、羞恥で佐久良の顔が赤くなる。

「煽ってんのかな。やばいわ。止まんない」

「今度は俺の番ですよ」

「さっきはお前が先だったんだから、次は俺からだろ」

二人の不穏な会話に、佐久良は焦《あせ》って首を横に振る。

「もう無理だ」

「大丈夫。晃紀は休んでていいから。俺たちが頑張ります」

だから、今度は前からだと若宮は佐久良の腕を取って、自らの膝の上に座らせた。力が戻っていない状態では、抵抗することができない。対面座位の恥ずかしい体勢だ。

「本当にもう勘弁《かんべん》してくれ」

やる気満々の若宮では無理かと、振り返って望月に頼む。

「回数が多いのが嫌ですか?」

望月が真顔で尋ねてくる。まともに答えるのも気恥ずかしい質問だが、この場をやり過ごしたいと佐久良は正直に答える。

「体力的にきつい」

「そうですか。なら、回数を減らすために、二輪差しに挑戦しますか?」

何を言われているのか、すぐにはわからなかった。それくらい望月の表情はいつもと変わらなかった。けれど、言葉の意味を理解すると、佐久良はもう望月の顔を見ていられない。後孔を同時に二人で犯すと言われ、恐ろしさから思わず若宮にしがみついた。

「かわいいなぁ」

すがられたことが嬉しかったのか、若宮がそう言って佐久良の頬《ほお》に軽いキスをする。

「かっこいいのに、かわいくてやらしいとか最高すぎるでしょ」

「馬鹿を言うな」

「いえ、その件に関しては、俺も全面的に同意です。俺たちが止まらないのは晃紀さんのせいですから、責任を取ってもらわないと」

「責任って……」

振り返って問いかけようとする佐久良の頭の後ろに若宮が手を伸ばし、その口を封じた。

若宮の口づけはまるでこれからセックスを始めるかのような甘さがあった。その隙《すき》に後ろから股間に回された望月の手は、ゼロから快感を引き出そうとする丁寧《ていねい》さがあった。

また一から始まる……。

結局、佐久良は明け方近くまで二人に貪《むさぼ》られ、喉《のど》が痛み、声が掠《かす》れるまで嬌声を上げさせられた。

2

捜査一課の刑事の、穏やかな日常など長くは続かない。前の事件を解決して一週間と経《た》たずに、佐久良たちは新たな事件を担当することとなった。

「それは渋谷署の事件では？」

佐久良は正面のデスクに座る一課長に問いかけた。

朝一番、出勤するなり一課長室に呼び出され、昨夜《ゆうべ》、渋谷で起きた傷害致死《しょうがいちし》事件を担当するようにと言われたのだ。

「そうだ。佐久良班に担当してもらいたい」

「容疑者《ようぎしゃ》が自首したのにですか？」

だからもう捜査本部を立てるまでもなく、所轄《しょかつ》の捜査だけでいいのではないか。そんな意味を込めて尋ねる。

「その容疑者が問題なんだ」

答える一課長の顔は険しい。佐久良にも一課長がそんな表情になる気持ちも理解できなくはなかった。自ら渋谷署に出頭したのは、僅か十七歳の男子高校生だったのだ。

「その容疑者の少年が、もうすぐこちらに移送されてくる」

「もうですか？」

佐久良が驚くのも無理はないだろう。事件が発生したのも容疑者が自首したのも昨夜のことで、まだろくに事情聴取《じじょうちょうしゅ》もできていないだろうし、捜査も始まったばかりだ。

「マスコミが嗅《か》ぎつける前に身柄《みがら》を移動させておく必要がある。所轄では充分な対応ができないだろう？」

だから仕方ないのだと、険しい表情のまま、一課長が答えた。

容疑者が高校生だとわかれば、マスコミが面白おかしく取り立てるのは目に見えている。そうなったときの対処を考えると、一課長の言うとおり、所轄ではなく本庁《ほんちょう》で取り扱うべき事件なのかもしれない。

「しかももう弁護士もついてるんだ」

「高校生にしては手配が早いですね」

「容疑者の父親は、小宮《こみや》整形外科の院長だ」

渋《しぶ》い顔で答える一課長に、佐久良はなるほどと頷く。小宮整形外科は日本で一、二を争うほどの知名度を誇《ほこ》る整形外科病院だ。街中でも大きな看板を目にするし、全国ネットのテレビ番組でもCMを頻繁《ひんぱん》に流すほどだから、相当、儲《もう》かっているのは容易《ようい》に想像できる。当然、顧問《こもん》弁護士もいるだろうから、手配が早いのも納得がいく。

「その弁護士の対応もお前に任せる」

「わかりました」

佐久良に断る理由はないし、断ることもできない。形式的な打診《だしん》に形式的に答え、現時点での捜査資料を受け取り、佐久良は一課に戻った。

佐久良率《ひき》いる佐久良班所属の刑事たちは、それぞれ自らのデスクで待機していた。佐久良が呼び出されたのは皆、知っているから、何かしら、自分たちにも指示があると待っていたのだろう。

「みんな、集まってくれ」

佐久良は声を上げ、部下たちをデスク周りに呼び寄せる。

「昨晩、発生した渋谷署の事件をうちが担当することになった。容疑者の身柄はこちらに向かっているところだ」

「それって、俺たちがすること何かあります？」

問いかけた若宮の口調には、嫌がっているふうはなかった。ただ単純に疑問を感じているようだ。それは若宮だけでなく、他の班員の疑問でもあったのだろう。皆、答えを待つように佐久良を見ていた。

「所轄では難しい案件だからだ」

佐久良はまずそう前置きしてから、さっき聞いたばかりのことを説明した。だが、それ以外に佐久良が気付いたことは言わなかった。

何故、一課長は佐久良班を選んだのか。他にも現在事件を担当していない班はあった。その中でも一番実績が少ないのが、できたばかりの佐久良班だ。しかも、検挙率《けんきょりつ》の高いエース級の刑事もいない。佐久良に合わせて全体的に若い班になっている。

もし、これが容疑者が特定されていないような難事件なら、佐久良班には回ってこなかっただろう。容疑者が特定されているから、任せても大丈夫だろうというのに加え、佐久良が裕福な家庭で育っていることも要因の一つのような気がする。すぐに弁護士を用意できる整形外科病院の院長でも、佐久良ならそつなく対応できると思われたのではないだろうか。そうでなければ、自分が指名されるはずがない。班長としての実績のなさが、佐久良から自信を奪っていた。

「容疑者の少年は、正当防衛《せいとうぼうえい》を主張してるんですね」

捜査資料に目を通しながら、望月が声を上げる。

少年が警察署《けいさつしょ》に自首した後に応じた聴取によると、恋人である同級生の少女と一緒にいるところを被害者《ひがいしゃ》に絡まれたのが事件の発端《ほったん》だった。被害者は遊びに行こうと少女を誘《さそ》い、断っても強引に少女を連れ去ろうとした。そこで容疑者の少年は、少女から男を引き離そうとして揉み合いになり、気付いたときには足をもつれさせた男が後ろ向きに倒れていた。そう少年は証言《しょうげん》した。被害者は頭を道路に叩《たた》きつけたことにより、ほぼ即死《そくし》の状態だったというのが検視《けんし》の結果だ。

「すぐに通報すればいいものを……」

「相手が死んだことがわかって、怖くなったってことなんでしょうけど」

刑事たちは口々に少年を責めるような言葉を口にする。それは現場から逃げ去ったせいだろう。その場で動かなくなり、男が死んだのは明らかだったから、救急車を呼ばなかったのだと少年は言ったそうだが、やはり逃げたのは心証《しんしょう》が良くない。

少年が渋谷署に出頭したのは、警察が事件を確認してから一時間後の午前0時少し前だった。死亡推定《すいてい》時刻は午後十時から十一時の間。少年の自供によると、揉み合ったのは午後十時半頃で、死亡推定時刻と合致している。自供を信じるならば、被害者は一時間半も放置されていたことになる。

「今のところ、目撃者《もくげきしゃ》はそのとき一緒にいた彼女だけだな」

佐久良も資料に目を落としながら、気になったところを指摘する。

「口裏を合わせている可能性はありますね」

捜査で佐久良とコンビを組んでいる森村《もりむら》が相槌《あいづち》を打つ。

「その少女にも事情を聞くが……」

佐久良の口も重くなる。何しろ、その少女も高校生だ。事件が明らかになった今、警察署に呼ぶというのもマスコミに嗅ぎつけられる恐れがある。聞き込み一つとっても注意を払わなくてはいけないのは、確かに面倒《めんどう》だ。そんな佐久良の心の声が聞こえたかのように、

「また面倒なのを押しつけられたもんだ」

言葉とは裏腹に面白がったような声がした。確認するまでもなく、捜査一課で一番の曲者《くせもの》、藤村亘《ふじむらわたり》の声だ。

「そうですね。藤村さんでは子供相手に気を遣った聴取なんてできませんから、佐久良班長に任されたんでしょう」

藤村に続いて現れたのは、藤村とコンビの堤章大《つつみあきひろ》だ。誰とコンビを組んでも長続きしなかった藤村を相手に、刑事になったばかりの堤がよく合わせられるものだと、佐久良はいつも感心していた。

「殺人犯に気を遣う必要なんてねえだろ」

「正当防衛を主張してますが……」

藤村の言いぐさに、佐久良が苦笑いで応じる。

「正当防衛ねえ」

そう言って、藤村がひょいと佐久良の手元にある捜査資料を覗き込んだ。

「ホントにそうなのかね」

藤村の独《ひと》り言《ごと》のような呟きは、隣にいた佐久良にだけ届いた。

この捜査資料のどこに藤村は引っかかりを覚えたのだろうか。同じものを目にしても、佐久良にはそんな違和感はなかった。

藤村に尋ねようと佐久良が口を開く前に、

「いつまでも邪魔してないで、俺たちも捜査に行きますよ」

堤が藤村の腕を摑んで引っ張って行った。二人は佐久良たちとは別の事件を担当していて、その捜査で忙しい身だ。他の班の捜査会議に口出ししている暇はないのだろう。それでも今はもう少しいてほしかったと思ってしまう。

藤村の引っかかりがなんだったのか。それが知りたかったが、確かめられなかった。だが、今はまだ捜査資料を見ただけの状態《じょうたい》だ。捜査を始めれば、同じことに気付くかもしれない。それでもわからなければ、改めて藤村に尋ねればいいのだ。今はもうすぐ到着するという容疑者を迎《むか》える準備が先だ。

「俺と森村、それと立川《たちかわ》さんと佐々木《ささき》で地下まで迎えに行く。残りの者で取り調べがすぐにできるようにしておいてくれ」

指示を出してから、佐久良は指名した三人を伴《ともな》って、捜査一課を後にした。

あらかじめ、容疑者を乗せた覆面《ふくめん》パトカーは地下駐車場に来ると教えられていた。極力、外部の目に触れないようにという配慮《はいりょ》らしい。渋谷署から出るのも相当に気を遣ったと聞いている。

地下へ向かうため、エレベーターの前まで行くと、ちょうど一基、到着したところで扉が開いた。中からスーツ姿の男が数人降りてくる。その中に覚えのある顔があった。

先に気付いたのは佐久良だった。だが、呼びかけるまでもなく、相手もすぐに佐久良に気付き、驚いた顔を見せた。

「佐久良か？」

忘れられていなかったかと、佐久良は相好《そうごう》を崩《くず》し、頷いてみせる。

「久しぶりだな」

「そのレベルを超えてるぞ。高校を卒業して以来だから、十八年ぶりだ」

佐久良の言葉に、十八年ぶりに再会した御堂が笑って応じる。

「そうか。担当弁護士は御堂なんだな」

警視庁《けいしちょう》内に現れた元同級生に、佐久良はほんの三十分前に会った一課長の険しい顔を思い出した。あれはやり手の御堂が出てきたことに警戒心《けいかいしん》を露わにしていたのだ。

「ってことは、お前も担当してるってことか」

お互い、何の事件かは口にしなかった。それくらいは、このタイミングで出くわしたという状況から推察《すいさつ》すればわかることだ。

「まだ来てないぞ。ここで立ち話もなんだから、移動しよう」

佐久良は御堂にそう提案してから、一緒にいた森村たちに容疑者の迎えを頼んだ。御堂の用件は今まさに出迎えに行こうとしている容疑者に会うことだろう。それなら、ここで引き留めておいて問題ないはずだ。御堂は弁護士として有名だから、警察でもその名は知られているだろう。顔を知っている人間がいてもおかしくない。だから、人目に付かない場所に移動したかった。

「佐久良が警察官になったとは聞いていたが、まさか、捜査一課の刑事になってるとはな」

森村たちがエレベーターに乗り込むのを見届け、御堂が話を振ってきた。

「高校時代の同級生と今でも連絡を取ってるのか？」

御堂を促して歩きながら、佐久良も会話に応じる。

「職業柄だ。俺が弁護士をしてるとわかって、連絡を取ってくる奴は毎年必ず何人かいるんだよ」

「困ったときに弁護士の知り合いがいるのは心強いからな。見ず知らずの人間に頼むよりは安心だという気持ちはわかる」

廊下《ろうか》を少し進むと小さめの会議室が並んでいる。そのうちの一つ、ドアが開いていて、誰も使っていない部屋に佐久良は御堂を案内した。

「改めて、久しぶりだな。会えて嬉しいよ」

御堂が再会を喜ぶように右手を差し出してきた。握手《あくしゅ》を求められる機会もそうあるものではないが、御堂は慣れているのか自然だった。またそれが様になる容姿をしていた。

黒髪は後ろに撫でつけ、銀縁眼鏡《ぎんぶちめがね》がエリート臭《しゅう》を醸《かも》し出しているが、軽く百八十センチを超える長身に、立派な体軀《たいく》はワイルドさも感じられる。高校時代はここまで雄《おす》のフェロモンを醸し出してはいなかったが、女性にモテるという噂《うわさ》はさして親しくもない佐久良でもよく耳にしていた。

佐久良が握手に応じると、御堂は満足げに笑ってみせる。

「小宮整形外科の顧問弁護士をしてるのか？」

「いや、そこの顧問弁護士が新人の頃に世話になった先生だ。その先生の紹介だな。刑事事件に強い弁護士をってことで、俺が駆《か》り出された」

そこで二人はようやく名刺《めいし》の交換をした。名前は知っているものの、御堂がどこの弁護士事務所にいるのかも、佐久良は知らない。それを尋ねるためにも自分のことも知らせる必要があった。

「警部《けいぶ》で班長か。この歳でそれは凄《すご》いな」

名刺を見ながら、御堂が感嘆《かんたん》の声を上げる。

「やり手弁護士のお前が言うなよ。もう自分で事務所を持ってるんだろ」

渡された名刺には、御堂法律事務所と記されていた。どこかに所属するわけでもなく、雇《やと》われでもなく、それで名を上げるのはなかなかできることではない。

「お前にやり手と言われるのは気分がいいな」

「言われ慣れてるだろう？」

「お前に言われるのがいいんだ」

思わせぶりな台詞と視線を投げかけられ、佐久良は首を傾《かし》げる。そんなふうに言われるほどの付き合いはなかったはずだ。捜査一課の刑事であることに意味があるのだろうか。

「そんな話もいろいろしたいところだが、今は仕事の話だな」

「ああ、面会の要求か?」

「それはもちろんだが、先にこちらの方針《ほうしん》を伝えておく。依頼人《いらいにん》の供述《きょうじゅつ》どおり、正当防衛で無罪《むざい》に持って行くから、早々に送致《そうち》してくれ」

御堂の主張は想像の範囲内だ。だが、それを聞かされたところで、佐久良の捜査方針が変わるわけではない。わざわざ佐久良を呼び出した捜査一課長の顔が浮かんだが、佐久良は引かなかった。

「こっちも無駄《むだ》に長引かせるつもりはないが、必要な捜査は全て行う。上に手を回されようが捜査の手は抜かないぞ」

「手を抜けとは言ってない。ただ依頼人がまだ子供だってことは忘れてくれるな」

「お前、もう容疑者に会ったのか?」

「さすがにまだだ。俺も話を聞いたのは今朝《けさ》で、さっき父親と会ってきたばかりだ」

御堂によると、少年は警察に出頭する前に、父親に電話で事情を話していたのだという。だからこそ、これだけ早く御堂のような有能な弁護士が手配できたのだ。

佐久良がさらに話を続けようと口を開きかけたとき、会議室のドアがノックされた。誰か、本来の使用予定者が来たのだろうかと、佐久良は内側からドアを開けた。

「やっぱり、班長でしたね」

「俺の予想が大当たり」

訪れたのは若宮と望月だった。

「どうした？」

「容疑者を取調室に連行しました」

「わかった。すぐ行く」

望月の報告に短く答えた後、佐久良は御堂を振り返る。

「面会は？」

佐久良が何か言うより早く、御堂が尋ねてきた。

「今すぐは無理だ。面会ができるようになったら連絡する」

「今日中にか？」

「ああ。そんなに長時間の取り調べはしない」

元々規則で一日に行っていい取り調べの時間は決まっているし、未成年でもある。この事件を担当すると決まったときから、その辺りも考慮《こうりょ》するつもりでいた。

「佐久良が言うなら待つとしよう」

「同級生のよしみでか？」

「ああ。本来なら俺はもっとガンガン行くぞ」

「同級生でよかったよ」

佐久良は笑って御堂の肩に手を置いた。親しくなかった同級生ではあったが、少しの繋《つな》がりでもあってよかった。御堂のこの様子なら、あまり無茶《むちゃ》な要求をされることはなさそうだ。

「話は終わりましたか？」

「班長、行きますよ」

待ちくたびれるほどではなかったはずだが、若宮と望月がもう話は終わりだとばかりに佐久良を連れて行こうとする。

「そうだな。御堂、また後で」

佐久良が御堂にそう言うと、これ以上、話をさせないためにか、若宮が佐久良の腕を取って部屋から退出させた。若宮はそのまま佐久良の肩を抱き、望月はその後ろに続き、歩き出す。二人の行動はまるで御堂を佐久良に近づかせまいとするかのようだった。

「あいつは油断ならない」

一課に向けて歩きながら、若宮がぽつりと呟く。小さな呟きだったが、若宮に肩を抱かれている佐久良には聞こえた。

「仕事中だ。捜査のことだけ考えろ」

佐久良も声を潜《ひそ》めて釘《くぎ》を刺し、肩に乗っていた若宮の手を払《はら》い落とす。

「班長も捜査のことだけ考えててくださいね」

「当然だろう？」

何を言っているのかと問い返すと、何故か、若宮が困ったような笑みを浮かべ、望月に視線を移した。

「だから、俺たちが気をつけるしかないんですよ」

「そこはお前と共同戦線を張るしかないのか」

若宮が仕方ないと溜息を吐く。

「なんだか知らないが、捜査でもそれくらい息を合わせろよ」

佐久良はそう言うと、二人の返事を待たずに、捜査一課へと入っていく。

取調室に直行しなかったのは、今後の捜査の割り振りをするためだ。

「容疑者の聴取は立川さんと佐々木でお願いします。それから、容疑者と一緒にいたという少女には……」

佐久良はそこで言葉を区切り、捜査資料に目を落とす。容疑者の少年、小宮陽人《こみやはると》と同じ高校の同級生であり、恋人でもある高見愛理《たかみあいり》は都内のマンションで母親と二人暮らしをしている。渋谷署の刑事たちは、そのマンションに出向き、母親同席で話を聞いたらしい。

「若宮と望月、二人が話を聞いてきてくれ。ここに呼ばなくていいから、彼女の希望を聞くように。二人ならまだ年も近いし、話をしやすいかもしれないからな」

「わかりました」

若宮と望月が声を揃えて指示を受ける。それ以外は現場周辺の聞き込みだ。他に目撃者がいないか、付近の防犯《ぼうはん》カメラに陽人や愛理、被害者の姿が映っていないかも調べる必要がある。被害者と面識はなかったとのことだが、犯行現場より前から一緒にいたとすれば、供述の信用性がなくなるからだ。

刑事たちが外へと向かう中、佐久良は森村を伴い、取調室の隣の部屋に入った。そこからマジックミラーを通して、取調室の中を見ることができた。

狭い部屋の中、中央にデスクがあり、それを挟《はさ》んでパイプ椅子《いす》が二つ置かれている。窓には鉄格子《てつごうし》がはまっているせいか、室内は照明で明るいのに、どうにも薄暗い雰囲気《ふんいき》が漂《ただよ》っている。その中で、窓を背にした椅子に座る少年は、ひどく顔色が悪かった。その少年が陽人だというのは明らかなのだが、どうにも印象がちぐはぐだ。

「事件発生時刻は夜遅い時間じゃなかったか？」

佐久良は隣にいる森村に確認する。

「そうですね。自供によれば、午後十時半です」

森村が資料を見ながら答える。

「彼はそんな時刻に繁華街《はんかがい》をうろついているような少年には見えないが……」

佐久良の視線の先にいる陽人は、取り調べに怯《おび》えている可能性を考慮しても、真面目《まじめ》でおとなしそうな印象を受けた。セーターにジーンズと服装にも派手さはない。そんな彼がデートとはいえ、午後十時半に繁華街にいるのは不似合いに思えた。その時刻にそんな場所にいれば、帰宅はもっと遅くなる。デートだからと浮かれていたのだろうか。

『もう一度、最初から聞かせてもらえるかな』

陽人と向き合った立川が、穏やかな口調で話しかける。ここにいても取調室の音声は聞こえるから、大人数で押しかけずとも聴取のやりとりはわかるようになっていた。

『二人で映画を見て、遅くなったから抜け道を使おうって、あの路地《ろじ》に入ったら、あの人に声をかけられたんです』

陽人は声を震わせながらも、状況を説明する。既に渋谷署で答えたことだからか、淀《よど》みはなかった。今言ったことは全て渋谷署から送られてきた調書にあるとおりだ。

『彼女だけ置いて、お前は帰れって……。彼女を連れて行こうとするから、俺は彼女を取り返そうとしただけなんです』

『それで腕を振り払った？』

立川の問いかけに、陽人はそのとおりだと何度も頷く。信じてほしいとその態度が訴えていた。

『彼はどんなふうに倒れたのかな？』

だが、続く質問には首を横に振った。

『覚えてないんです。気付いたらもう倒れてて……。俺は彼女しか見てなかったから……』

顔を伏《ふ》せた陽人の言葉は途切れがちになる。これも渋谷署で証言したのと同じだ。彼女から引き離そうとしただけ、後は覚えていない、夢中だったからと答えたらしいが、今も同じ言葉で立川に訴えている。

見るからに憔悴《しょうすい》した様子の少年に、長時間の聴取は行えない。それにいくら時間をかけても、この調子では同じ証言しか得られないだろう。佐久良はそう判断して、昼までに聴取を終わらせるよう、森村から立川たちに伝えさせた。さらに、取り調べが終わったら、御堂の弁護士事務所に連絡を入れておくようにも伝えておいた。

そうして、自らも森村を伴い捜査に出向いた。本当に被害者と面識がなかったのか。二人の周辺の聞き込みに当たった。


佐久良が捜査一課に戻ってきたのは午後七時を過ぎてからだった。それに合わせて、他の刑事たちも戻ってくる。全員が揃ったところで、捜査結果を報告し合った。

目撃者は見つからず、防犯カメラも今のところ、三人を捉《とら》えたものはなかった。もっともそれは数が多すぎて、確認の手が足りていないというのが大きな原因だ。渋谷署にも動員をかけているから、見つかる可能性は充分に残っている。

そして、佐久良が調べた被害者と加害者の共通点も見つからなかった。被害者である道田泰《みちだやす》明《あき》は二十三歳で高校中退後は定職には就《つ》かず、ずっとアルバイト生活をしていた。陽人と道田は年齢も違えば、居住地も離れている。陽人はアルバイトをしたことがないから、働き先が同じという可能性もない。また被害者の交友関係を当たっても、陽人との繋がりはどこにも見つけられなかった。初対面だったという証言に嘘はないように佐久良は感じた。

「小宮陽人は担任教師によると、成績は中の上、生活態度は真面目で授業をさぼったこともないそうです。もちろん、補導歴《ほどうれき》もありません」

森村が佐久良とともに聞いてきた話を報告する。

「あの日だけ、たまたま遅い時刻に外にいて事件を起こしたってことか……」

佐久良は独り言のように呟く。あり得ない話ではないが、それが事実ならあまりにも運がない。愛理は陽人にとって初めての彼女だというから、浮かれていて、いつもとは違う行動を取ってしまったのかもしれない。

初日の捜査はこれといった新しい情報も見つからず、それでもまた明日は朝から聞き込みをしなければならないと、今日のところはこれで解散することにした。

「それじゃ、お先に失礼します」

佐久良が解散と言った直後、真っ先に部屋を出て行ったのは、望月だった。いつもなら佐久良にまとわりつくのに珍しいことだと、その後ろ姿を見送る佐久良に、

「班長、一緒に帰りましょ」

語尾にハートマークを飛ばすような軽い口調で若宮が誘ってくる。この気安い口調も、公然と佐久良を口説《くど》くのも、捜査一課内では日常茶飯事《にちじょうさはんじ》で今更《いまさら》誰も気にしない。だから、佐久良も大袈裟《おおげさ》さに拒絶《きょぜつ》したりはしなかった。

「一緒に帰るのはいいが、望月はどうした？」

帰り支度をしながら、若宮に問いかける。

「なんか、調べたいことがあるとかって言ってましたよ」

「報告は上がってないぞ」

「事件のことじゃないから大丈夫」

そう答える若宮の顔は終始笑っていた。

「何が楽しい？」

「あいつがいないと、班長を独り占めできますからね」

「独り占めって……、帰るだけだぞ」

佐久良は小声で念を押す。一緒に帰るのはかまわない。これまでも必要ないと言っても自宅まで送られることは多々あったから、すっかり慣らされた。だが、部屋にまで上げることは滅多《めった》にない。部屋に上げると、なし崩し的にベッドへ直行することになる。だから、捜査中はマンションの下までしか送らせなかった。二人に抱かれると体力が根こそぎ奪い取られ、翌日まで響くのだ。腰に力が入らない状態で、とてもじゃないが聞き込みになど回れない。

「わかってますって。班長に嫌われたくないし」

何が楽しいのか、若宮は上機嫌《じょうきげん》だ。佐久良の隣を歩く足取りも弾《はず》んでいる。

本庁を出て、いつもの通勤路である地下鉄へ向かおうとしたのに、若宮が腕を取って方向を変えさせる。

「今日の足は電車じゃありません」

得意げに言った若宮が、近くのコインパーキングへと佐久良を導く。そして、停まっていたミニバンタイプの黒い車のドアを開けた。

「車？　お前、持ってたのか？」

佐久良は意外で尋ねた。運転ができるのは警察官として当然だが、自家用車があるという話は聞いていなかったし、見たこともなかったからだ。

「俺のじゃなくてレンタカー。さっき、聞き込みの帰りに借りてきたんですよ。ちょっと寄り道したのは見逃して」

簡潔に説明した若宮が、軽くウィンクしてみせる。佐久良が同じことをすれば何か悪いものでも食べたのかと言われそうだが、若宮がするとこんな気障《きざ》な仕草も様になる。

「しかし、どうして、わざわざレンタカーなんて……」

「もちろん、ドライブデートがしたいからに決まってるでしょ」

「マンションの下まで送る間だけでもか？」

「だけでもです」

そう言ってから、どうぞというふうに若宮が助手席のドアを開けた。佐久良が乗り込むと、ドアを閉め、運転席に若宮が回り込む。

「お前がいいなら、それでもかまわないが、せっかく借りるんなら、休みの日にすればよかったんじゃないか？」

佐久良が若宮が運転席に座るのを待って、話を続けた。

「誘ったら付き合ってくれました？」

「他に用が入ってなければな」

答えた佐久良の顔を運転席から身を乗り出した若宮が覗き込む。

「なんだ？」

「最近、晃紀が優しい……というより、甘やかそうとしてます？」

見透《みす》かすような視線に、心臓の鼓動《こどう》がどくりと跳《は》ねる。車内で二人きりだから、もう仕事モードは終わりだと呼び方まで変えられ、妙《みょう》にドギマギしてしまう。

「その勘《かん》のよさを捜査でも発揮できればいいんだがな」

言い当てられた気恥ずかしさを隠し、ちくりと皮肉《ひにく》ると、若宮が苦笑いする。

「ひどいなぁ」

「先に車を出せ」

佐久良に命じられ、若宮は佐久良を送り届けるという使命を果たすべく、エンジンをかけた。

それから、駐車料金を精算し、コインパーキングを出て、夜の街に車を走らせる。

「で、本当のところは？」

「お前たちに甘やかされてるばかりじゃ、付き合ってるとは言えない。対等な関係じゃないだろう」

「俺はもっと甘えてほしいんですけどね」

「これ以上、甘やかされたら、俺はダメ人間になるぞ」

冗談のようにしか言えなかったが、佐久良の本音だ。セックスのときだけは、二人のいいようにされているが、それ以外ではほとんどの面で佐久良の意思が尊重されている。捜査中は部屋には上げないし、性的な接触は禁止しているし、人目がある場所では上司と部下という立場を崩さないよう言い渡している。それに、そもそものどちらかを選ばず、二人と付き合うという選択をしたこともそうだ。この関係は二人が全てを許してくれているから、成り立っているのだ。

「それが目的だったりして」

「うん？」

「グズグズに甘やかして、俺がいないとダメってくらいにしたいんですよ。そうしたら、俺を手放せなくなるでしょ？」

軽い口調ながら、若宮の佐久良への執着が感じられる言葉だった。どうして、そこまで若宮に想ってもらえるのか。佐久良にはまるでわからない。ただわかるのは今でも充分に若宮たちと離れられなくなっているということだけだ。体から先に始まった関係でも、既に若宮たちのいない生活は考えられない。

「だったら俺はどうしたらいい？　とことん甘やかされてれば、お前は俺を手放せなくなるのか？」

問い返した佐久良の言葉への返答は、しばし待っても返ってこなかった。というよりも理解できなかったのだろう。少しの沈黙《ちんもく》は言葉の意味を考えていた時間だ。それでも車の運転に支《し》障《しょう》がなかったのは、さすが警察官だと言うべきだろうか。

「やばい」

若宮がようやく口を開いた。

「俺の班長が天使だ」

何故、その結論に至ったのかわからないが、言葉の響きがおかしくて、佐久良は吹き出した。

「三十後半の男を捕まえて何を言ってるんだ」

「だって、そんな嬉しいこと言われたら、そう思うでしょ。俺の殺し文句を上回ってるし、もうマジ天使」

「意味がわからん」

一人で楽しそうな若宮に対して、佐久良は首を傾げるばかりだ。まず天使の意味がわからないが、きっと説明を聞いても理解できない気がする。

「あ、今のやりとりは望月には内緒《ないしょ》でお願いします」

「かまわないが、どうしてだ?」

「俺一人で楽しみます。反芻《はんすう》して喜びたいんで」

どうやら、佐久良が若宮を喜ばせる発言をしたらしいことは理解できた。

自分の気持ちを伝えるのは照れくさい。だが、たったこれくらいのことでこんなに喜ぶのなら、もっと言葉にしていくべきなのだろう。

やがて車は佐久良のマンションの地下駐車場へと到着する。

「わざわざ悪かったな。でも快適《かいてき》だった。ありがとう」

佐久良は素直に感謝の言葉を口にした。送ってもらうような時刻でもないし、そんな距離でもない。だが、混んだ電車に乗らなくていいのは、心身ともに楽で良かった。

「じゃ、もうちょっとだけ。甘やかしてくれるんですよね?」

若宮が別れの言葉を言わせない。少しだけならと答えようとした佐久良よりも先に、若宮が言葉を続けた。

「晃紀……」

熱い響きを持って名を呼ばれ、若宮の顔が近づいてくる。

拒《こば》もうと思えば拒めた。だが、佐久良も欲しいと思ってしまった。さっきの若宮の言葉が、自分への執着を感じさせる言葉が、佐久良の耳に残っていた。

唇が重なる直前に、佐久良は目を閉じた。

確かめるように軽く触れた唇が、一度離れ、すぐに戻ってくる。今度は最初から舌先が唇を割ろうと狙《ねら》っていた。

「ふ……ぁ……」

舌で口を開かされ、声にならない息が漏れる。佐久良の舌に沿って押し入ってきた若宮の舌が、上顎をなぞった。

口の中にも性感帯はある。若宮の両手が逃さないというふうに佐久良の顔を挟んだ上で、口中の性感帯を的確に暴《あば》き、佐久良を熱くしていく。

口を閉じることが許されない激しいキスに、佐久良は車中だということも忘れた。若宮の頭の後ろに手を回し、自らも舌を絡める。

唾液の混ざり合う音が耳を犯す。どれだけ深く口中を貪り合っているのかを、その音が知らしめていた。

お別れのキスというには、あまりにも激しい口づけに、顔を離したとき、佐久良の息は上がっていた。

「……帰るだけだと言っただろ」

「何もしないとは言ってませーん」

佐久良の抗議《こうぎ》を若宮がおどけた口ぶりでかわす。だが、どんなにおちゃらけたふうを装《よそお》っても、その目はまだ熱を失っていない。

「お前……ん……」

不穏な空気を察して、若宮を止めようとしたのだが、その前に股間を撫でられ、言葉が途切れる。

スラックスの上から撫でられただけだというのに、キスで火をつけられている体は敏感《びんかん》に反応してしまう。

「もう少しだけ。ね？」

強請《ねだ》りながらも若宮はやわやわと佐久良の股間を揉み込む手を止めない。

駄目《だめ》だと言わなければいけない。いくら地下で住人以外は入れない駐車場とはいえ、絶対に人が来ないとは限らない。しかも、車を停めているのは出入り口に一番近い来客スペースで、車が入ってくれば嫌でも目につく場所なのだ。

「大丈夫。覗き込まれなきゃ、何をしてるかなんてわかりませんよ」

若宮は気にした様子もなく、佐久良のファスナーを下ろした。

「本当に……ダメ……だ……」

ずっと刺激を与えられているから、どうしても声が上擦《うわず》ってしまう。拒絶する言葉にも力がこもらない。だから、若宮の手も止まらないのだろう。

「でもこのままじゃ、車から降りられなくないですか？」

若宮がクスリと笑う。既に佐久良の中心は昂ぶりを見せている。この状態では前を隠しながら不自然な格好《かっこう》で移動するしかなくなる。

「すっきりしてから帰りましょうね」

「は……あぁ……」

何も遮《さえぎ》るものがなくなり、直接、屹立に触れられて、甘い息が漏れた。

「早くイキたいなら、こっちも触ったほうがいいかな」

若宮は片手で屹立を擦りながら、もう片方の手で胸元をまさぐる。だが、佐久良は上着の下にベストを着ていた。その生地《きじ》の厚さが胸への刺激を和《やわ》らげた。

「このスリーピースって、晃紀にはよく似合ってるし、禁欲的で好きなんですけど、こういうときは邪魔かな」

不満を言いつつも、若宮は片手で器用にベストのボタンを外していく。そして、シャツのボタンは手を差し込める分だけ、胸の辺りを二つだけ外した。

「……んっ……」

シャツの隙間から差し込まれた手が、佐久良の乳首を探し当てる。そこを指先で軽く抓まれ、佐久良は息を呑む。胸で快感を得るように馴《な》らされた体は、そんな些細《ささい》な刺激にも腰を揺らめ

かせてしまう。

若宮もこんな場所で長く時間をかけるつもりはなかったようだ。胸の尖りを指の腹でこね回しながら、屹立を忙しなく責め立てる。佐久良は上がる声を塞ぐため、手の甲《こう》を口に押し当て堪えた。

ヌチャと先走りを屹立に擦り立てる音がやけに響く。声を殺している分、そんな音が聞こえやすくなっていた。そこまで追い詰められているのだと、音でも自覚させられる。

「もうっ……」

佐久良は限界を訴える。その声を聞き入れた若宮がすぐにハンカチを取り出し、屹立に覆い被せた。

「うっ……はぁ……」

佐久良の解き放った精液は全てハンカチに受け止められ、漏れ出たのは佐久良の熱い声だけだった。

「お疲れさまでした」

若宮はさわやかな笑顔で労《ねぎら》い、佐久良の股間をハンカチで綺麗に拭《ふ》き取った。

「もうお前の『送るだけ』は信じない」

「嫌だなぁ。オプションですよ、オプション」

佐久良としては反省を促そうと少しの怒気《どき》を交えたのに、若宮は全く悪びれない。

「頼んでない」

「サービスです」

「誰に対してだよ」

「俺……かな?」

首を傾げて答える若宮に、それでも怒れない佐久良は、自分自身に呆れて深い溜息を吐くしかなかった。

3

翌日も朝から陽人の取り調べだ。本当は佐久良が取り調べを担当したかったのだが、また一課長から呼び出され、人に任せざるを得なかった。

一課長から何を言われるのか。部屋に行く前から予想はできていたが、案《あん》の定《じょう》、今回の事件を早く検察庁《けんさつちょう》に送致するよう助言という名の命令だった。

昨日一日かけての捜査では新しい情報は何も出てこず、このままだと家庭裁判所送りで不起《ふき》訴《そ》になる可能性も出てきた。そんな事件を長引かせるなということなのだろう。

「一課長、なんでした？」

一課に戻ると、若宮が気軽に尋ねてくる。他の刑事たちも気になっていたのか、佐久良の答えを待っていた。

隠すことでもない。佐久良は正直に一課長から言われたことを伝える。

「いいんじゃないですか。高見愛理の証言とも一致してますし」

望月が問題ないだろうと意見を口にする。

愛理の聞き込み捜査をしたのは、若宮と望月だ。調書の文字だけでない、実際の愛理はどんな少女だったのだろうか。佐久良はそれが気になった。

「高見愛理はどんな子だった？」

「少しマセてましたけど、今時の女子高生ならあんなもんでしょ」

佐久良の質問に、おそらくただの感想として、若宮は言ったのだろうが、それが佐久良には引っかかった。

渋谷署から送られてきた調書では、人が死ぬ現場に居合わせたことでショックを受けたのか、話を聞くのに時間がかかったと記してあった。昨日の聞き込みでは、落ち着いて話を聞くことができたが、陽人の証言以上のものは出なかったと報告を受けている。

「どのあたりがませてると思った？　大人びていたという意味か？」

「若宮さんに色目を使ってたところですね」

若宮に代わって望月が答える。若宮はそれを否定せず、笑って頷いた。

確かに、若宮は高身長で派手な顔立ちのイケメンだ。刑事よりもホストが似合うとも言われているくらいだが、それでも若宮は刑事だ。

「女子高生が刑事に色目って……」

佐久良は信じられないと言葉を詰まらせる。

「誰もが気付くほどに露骨《ろこつ》じゃありませんでしたけどね。慣れてる俺からすると、またいつものかって感じ」

「慣れてるのか？」

「あ、もしかして嫉妬《しっと》ですか？　安心してください。俺は班長一筋《ひとすじ》だから」

笑顔でウィンクまでしてくる若宮を、佐久良班全員がいつものことだと無視する。佐久良も何事もなかったように望月に顔を向けた。

「他には？」

「一般論として、彼女は可愛いと言われる部類に入るでしょう。そして、彼女は自分の容姿をよく理解している。男の気を惹くのは得意そうでした」

「随分《ずいぶん》と辛辣《しんらつ》な意見だな」

望月の感想は十七歳の少女に対するものとは思えない。よほど印象が悪かったのだろうか。望月はゲイだと言っていたから、そもそも女性に対する見方が厳《きび》しいのかもしれない。

「仮に、高見愛理のタイプが若宮だとしたら、小宮陽人とは随分と違わないか？」

佐久良は取調室で怯えた表情をしていた陽人を思い出し、目の前にいる若宮と比べる。陽人は若宮ほど整った顔立ちとは言えないし、飾《かざ》り気《け》のない黒髪も地味《じみ》な印象を際立《きわだ》たせていた。陽人の性格は不明だが、容姿もまるで正反対と言える。

「ただのイケメン好きじゃないですか？　アイドルに熱を上げるみたいな」

「自分で言うかね」

立川の突っ込みに笑いが広がる。

女性が顔のいい男を好むのは珍しいことではない。好みの顔が目の前にあれば、自然と態度も軟化《なんか》するだろうし、媚《こ》びを売るとまではいかなくても、好かれようとすることもあるかもしれない。愛理もそんな感じだっただけとも考えられるのだが……。

佐久良は昨日見た写真を思い浮かべる。被害者、道田の生前の写真だ。身元を調べているときに、関係者に見せてもらった。

「森村、ガイシャの顔は客観的に見たらどうだ？」

一緒に写真を見た森村ならわかるはずだと、佐久良は尋ねる。森村は一瞬、考える素振りを見せたが、すぐに佐久良の質問の意図を悟《さと》った。

「かなりチャラい感じでしたけど、そこそこ整った顔立ちでしたね」

「小宮陽人と比べたら？」

「ガイシャのほうがイケメンです」

迷うことなく断言され、佐久良の中に微《かす》かな疑惑《ぎわく》が浮かび上がる。

昨日見た写真には男女がそれぞれ複数いた。道田の周辺には女性がいるということだ。最近は彼女もいなかったし、ナンパもよくしていたと友人の証言にあったが、それでもカップルの女性を強引に連れ去るほど無茶をするとは考えづらい。

「班長、もしかして、そもそものきっかけを疑ってます？」

若宮に尋ねられ、佐久良は軽く顔を顰《しか》める。

「その可能性もあるかもしれないと思っただけだ。現場にいたのは被害者と加害者を除《のぞ》けば、高見愛理だけなんだからな」

「すぐに通報しなかったのも、出頭が遅れたのも、口裏を合わせるためってことですか」

「その可能性も疑ってみるべきだろうな」

また送検が遅れてしまうと一課長の渋い顔が思い浮かんだが、それを振り払う。

「高見愛理のイケメン好きはわかりましたけど、それなら、なんで小宮陽人と付き合ってるんですかね」

森村が不思議そうに言った。イケメンが好きなら、確実に陽人は好みから外れる。

「そりゃ、小宮陽人は俺に一番ないものを持ってるからでしょ」

若干の苦笑いで答えた若宮に、佐久良がそれはなんだと視線で問いかける。

「ああ、わかった。金か」

答えたのは立川だった。

「金って、女子高生が金目当てで男を選ぶんですか?」

部下ではあるが、年上の立川にはつい敬語になってしまう。そんな佐久良の問いかけに、今度は森村が答えた。

「女子高生だからじゃないんですか。金はなくても欲しいものは山ほどあるし、遊びにも行きたい。親からもらうお小遣いじゃ、到底足りないって妹がぼやいてますよ」

森村には年の離れた妹がいて、その妹はアルバイトをしているのだが、それでもたまに小遣いをせびられることがあるらしい。

「働いてたら、それなりに欲しいものは自分で買えますからね」

佐久良はなるほどと頷く。金銭《きんせん》的に恵まれて育った佐久良は、そういったことに疎《うと》い自覚はあった。だから、こうして教えられて初めて気付くのだ。

愛理が陽人を選んだのは、愛情ではなく打算。陽人ならデート代は全て払ってくれるし、高価なプレゼントも強請れる。そう考えたのだとしたら、末恐ろしい少女だ。あくまで仮説ではあっても、若宮に色目を使ったのが事実なら、仮説でなく事実になる可能性は高い。

「事件には関係ないかもしれないが、会って話を聞いてみたいな」

佐久良は眉間に皺を寄せ呟く。

若宮たちの話を聞く限り、愛理はしたたかそうな印象を受ける。それなのに、事件の聴取では陽人と同じことしか言っていない。いくら正当防衛でも人が死んでいるのだ。そんな事件と関わりをなくしたいと考えてもおかしくない。陽人も愛理も、被害者に対して愛理は一切手を出してないと言っている。それならなおさら、自分と事件は無関係だと訴えてもよさそうなのにだ。

愛理は事件のきっかけになっただけではない。浮かんでしまった疑惑は、当の本人に会ってみなければ、消すことはできなさそうだ。

「班長が行くと、もっと媚びてきそうで嫌なんですけど」

若宮が言葉どおりに嫌な顔をして言った。

「どうしてだ？」

「ただのイケメンじゃなくて、金持ってるイケメンだからですよ」

森村がすかさず説明する。イケメン扱いされるのも金持ち扱いされるのも慣れているし、否定するほうが空気が悪くなることもこれまでの経験で学んだ。だから、佐久良はそれならと思いついた作戦を口にした。

「だったら、俺が行って口を軽くしてもらおう」

佐久良は軽い口調ながらも本心を口にした。

愛理に会って何がどう変わるかわからない。何も得るものはないかもしれない。それでも自分が納得したかった。そのためにやれることは全てやっておきたい。そんな佐久良の意思が班員たちにも伝わったようだ。

「班長、すっごくお高い腕時計とか持ってません？」

若宮が唐突《とうとつ》とも思える質問をしてきた。

「自宅に帰れば、あるにはあるが……」

それがどうしたと佐久良は答える。自分で買ったものではないが、数百万するらしい腕時計を祖父から三十歳の誕生日に貰《もら》った。仕事場には不似合いだからつけてこないが、実家がらみのパーティなどではつけているものだ。

「それ、つけていきましょう。一目瞭然《いちもくりょうぜん》で金持ちってわかるじゃないですか」

「お、いいな。腕時計ほどわかりやすく金持ちアピールできる小物はないし」

「ネクタイピンもありますよ。宝石ついてたら、誰でも高いってわかります」

班員たちが口々に言い始める。いったい何がそんなに皆のやる気に火をつけたのか。もしかしたら、上から配慮を求められる捜査にストレスでも溜まっていたのだろうか。だが、暗い雰囲気になるよりはいいことだ。だから、佐久良も話に乗った。

「後はそうだな、実家のものだと言って、うちの店の和菓子でも差し出すか」

佐久良の実家の和菓子屋は、日本で一番有名な和菓子店と言っても過言ではない。日本全国に支店があるから、儲かっているのだろうと思わせるには充分だ。

「ナイスアイデアです。それも使いましょう」

そんなふうにして、佐久良を金持ちに見せる計画が終了した。

「俺、『空気』になりそう」

佐久良とコンビを組んでいる森村がぽつりと呟く。刑事と言うよりは、ごく一般的な会社員といった外見の森村は、目立たないことでは捜査には向いているのだが、今の佐久良のような役割は決してできないだろう。

「空気になると観察がしやすくなります。頑張ってください」

「お前でも空気になってたのかよ。だったら俺、もう空気ですらなくなる……」

望月に励まされ、ますます森村が項垂《うなだ》れる。決して明るい性格ではない望月にしては珍しい軽口が出たことに、また笑いが広がった。

愛理に連絡を取るのは若宮に任せた。いきなり訪ねても留守の可能性はあるし、マスコミに愛理の存在を嗅ぎつけられていれば、刑事が自宅を訪ねるのはまずい。いらぬ憶測《おくそく》を生んでしまうからだ。だから、在宅の有無だけでなく、周囲の様子を窺《うかが》うためにも先に電話をさせると、愛理本人から、周りには何も気付かれていないので自宅で問題ないと返事があった。それで、午後に訪問の約束を取り付けることができた。

昨日と変わらず聞き込み捜査を続けているが、午後からは愛理に会うため、佐久良は一度自宅に戻り腕時計を身につけ、小さなダイアモンドの飾りがあるネクタイピンも取り付けた。その後、銀座にある実家の和菓子屋に立ち寄り、和菓子の詰め合わせを用意してもらい、愛理の自宅マンションに向かった。

昨日も自宅を指定したのは愛理本人だと聞いている。外で刑事に会っているのを誰かに見られたら嫌だと言われたらしい。

愛理は一人娘で母親は日中仕事に出ていて留守だ。娘が殺人事件に巻き込まれたというのに、昨日も今日も出勤していて、愛理は家に一人だという。

インターホンを押して応対に出た若い女性の声に、佐久良が名前を告げると、明らかに落胆《らくたん》した様子が感じられた。来訪の約束を取り付けたのが若宮だったから、また会えると期待していたに違いない。だからこそ、来訪を断りづらくさせるため、あえて若宮に連絡を取らせたのだ。

一度は大丈夫と言ったからか、渋々ながらもドアは開けられた。顔を覗かせたのは、確かに可愛いと言っていい顔立ちをした少女だった。不機嫌そうに眉根《まゆね》を寄せていた顔が、佐久良と目が合った瞬間、口角が上がった。

「何度もごめんね。もう一度、確認しておきたくて」

佐久良はよそ行きの笑顔を浮かべて愛理に話しかけた。さんざんイケメンだと乗せられてここまで来たのだ。手ぶらで帰らずに済むのなら、笑顔の安売りくらいなんてことはない。

「あ、いえ。こっちから行かなきゃいけないのに、ごめんなさい」

しおらしい態度で頭を下げる愛理に、あざとさを感じる。それは若宮たちからの事前の情報があったからではなく、佐久良に気付いて表情を変える瞬間を見たからだ。どうやら、佐久良の容姿は愛理のお気に召したらしい。

「どうぞ、入ってください」

愛理に招き入れられ、佐久良と森村はダイニングまで案内される。

母娘が二人で暮らすには充分な広さの２ＤＫのマンションには、来客用の部屋などないのだろう。四人が座れるダイニングテーブルを愛理に勧《すす》められ、佐久良と森村が並んで座った。愛理は佐久良の正面だ。

ここに来る前、森村が自分は『空気』になると言っていたが、今まさにそのとおりになっている。おそらく最初に一瞥《いちべつ》されて以降、愛理の目に森村は映っていない。森村もそれを自覚しているのか、はたまた佐久良の計画を邪魔しないようになのか、愛理と顔を合わせた瞬間から、一切、口を開いていない。

「これ、うちの実家のものなんだけど、よかったら食べて」

佐久良は手にしていた紙袋から、包装された菓子箱を取り出し、テーブルにのせた。あえて実家だと口にすると、包装紙に印刷された店名のロゴに気付いた愛理の目の色が変わった。本人は無意識だったのかもしれないが、年を重ねてきた佐久良にはわかりやすかった。

若宮たちの話を聞いていたときから感じていた違和感が、本人に会ってさらに高まった。陽人の隣に愛理が立つことが、どうしても不似合いに思える。

「それじゃ、話を聞かせてもらえるかな」

佐久良はテーブルの上に両手をのせ、その手の指を組んだ。こうすることで腕時計が自然と愛理の視界に入るはずだ。案の定、腕時計を愛理が凝視している。この様子では、その価値にも気付いていそうだ。

「一昨日《おととい》は映画の帰りだったそうだけど、いつもあんな遅い時間まで外にいるの？」

優しく問いかける佐久良に、愛理は首を横に振る。

「その時間のチケットしか取れなかったから……。人気の映画なんです」

だから仕方なかったのだと愛理が言い訳する。

「男の子と一緒なことにお母さんは何も言わなかった？　デートだったんだろう？」

「デートなんかじゃありません。まだ付き合ってるわけじゃないし……」

愛理が思わずといったふうに身を乗り出して、佐久良の言葉を否定した。

「そうなの？」

「告白はされたけど、友達からって答えたんです。あの日は見たい映画だったから、一緒に行っただけです」

愛理は陽人を『友達』だと強調する。それは恋人はいないという佐久良へのアピールのように感じられた。昨日の聞き込みでも、親しい友人という表現だったらしいから、そのときは若宮を気にしてだったのだろうか。

陽人ははっきりと愛理を彼女だと言っていた。そして、デートの帰りに絡まれたのだとも証言している。

佐久良はこの場では陽人の言い分を伝えなかった。言ったところで、陽人がそう思い込んでいるだけだと言うに違いない。だから、そこは追求せず、もっと二人の証言の相違を引き出すことを優先させる。

「男は単純だからね。君みたいな可愛い子と二人で出かけるとなったら、それはもうデートだと思い込んだのかもしれないな」

「そんなつもりじゃなかったのに……」

愛理が反省するふうを装いつつ、媚びた上目遣いを佐久良に向ける。佐久良は笑いそうになるのをどうにか堪えた。そんな態度が大人の男に通じると思っているのか。これまでは同年代の経験の浅い男たちしか相手にしていなかったのだろう。そして、それが上手くいっていたから、佐久良にも通じると考えているようだ。

「思い出したくないかもしれないけど、あの夜のことを再現してもらっていいかな？」

「再現ですか？」

愛理が小首を傾げて問い返す。

「そのほうが思い出すかもしれないからね。俺が陽人くんの役をしよう。森村が被害者役だ」

再現するのは決定事項だと、愛理の了解は待たずに、佐久良たちは先に立ち上がる。そうすれば、愛理も従うしかなくなる。躊躇いがちに立ち上がった愛理を佐久良は自らの近くへと呼び寄せる。

「並んで歩いていて、後ろから腕を摑まれたんだよね？　どっちの腕か覚えてる？」

佐久良は優しく誘導する。この辺りのやりとりは二人ともよく覚えていないと答えていた。その後のことが衝撃的だったとしても、二人が揃って忘れることがあるのかと、佐久良は疑問に感じていたのだ。

「右手を摑まれたんならこうだし、左手ならこう庇《かば》ったのかな？」

佐久良は愛理の肩を抱いて、体の位置を入れ替えさせる。一歩間違えばセクハラだと苦情を入れられそうだが、本人が嬉しそうな笑みを浮かべているから問題はないだろう。

「何か思い出せた？」

あくまで優しい笑顔は崩さず、愛理に顔を近づけ、囁《ささや》くように問いかける。

今回の事件、愛理はきっかけとなっただけで、証言どおりならば彼女は罪《つみ》に問われる立場にはない。だから、これ以上の証言をする必要はないのだが、新しい情報を出さなければ、佐久良との繋がりがなくなる。それを惜しいと思わせたかった。

「右手……、そう摑まれたのは右手でした。私、誰かと並んで歩くときはいつも左側だから、あのときもそうでした」

愛理ははっきりと言い切った。佐久良にいい印象を与えたい。役に立つ女だと思われたい。そんな思惑《おもわく》が透《す》けて見える。

「ということは、こんな感じで振り払ったのかな？」

森村を促し、愛理の右腕を摑ませる。すかさず佐久良が森村の手首を摑んで振り払った。

どちらも本気の力を入れていないし、森村も倒れ込むことはないが、動きの再現としては充分だろう。

「多分、こんな感じだったと思います」

あれだけ覚えていないと言っていたのに、愛理はあっさりと記憶を呼び戻した。これが嘘の証言なのか、本当に今思い出したのかはまだ判断できないが、現場で確認してみる必要があるだろう。

「ありがとう。参考になったよ」

佐久良は笑顔で礼を言った。それに対して、愛理が嬉しそうに笑う。どうして、今の状況でこんなふうに笑えるのか。愛理がいなければ陽人は逮捕《たいほ》されることはなかった。事件の引き金になったのは愛理だ。それなのに、まるで自分は捜査に協力しているだけの第三者であるかのような態度を取る愛理に、佐久良は薄気味《うすきみ》悪さを覚えた。

最後に、何かまた思い出せたら連絡してほしいと、佐久良個人の携帯番号を教えて、愛理の自宅を後にした。

「見事なくらい、班長しか見てませんでしたね」

駅までの道を並んで歩きながら、森村が呆れ顔で言った。

「作戦成功といったところか」

「でも、さすがにあそこまで空気扱いされるとヘコみます」

「気にするな。あの娘に好かれたって、嬉しくないだろう?」

「それはそうですけど」

佐久良の慰めに、森村が複雑そうな表情を浮かべる。

「なんか、小宮陽人が気の毒になってきました」

「そうだな。本当に正当防衛だったとしたなら、必死で守ったのに、彼女にとってはもう過去のことになってるんだ」

「『本当に』、ですか？　相当、疑ってますね」

「疑いを抱きたくなるだろう、あの態度じゃ」

予想していた以上の愛理の反応に、佐久良はさすがに呆れていた。これはもっと調べるべきだと、一課に戻ったら愛理周辺の聞き込みを指示しよう。そう考えていたときだった。

「あれ？　御堂弁護士じゃないですか？」

森村が驚きの声を上げ、佐久良もすぐに気付いた。御堂が駅の方向からこちらに向かって歩いてきている。

ここにいるということは、愛理に会いに行くのだろう。せっかく愛理から何か引き出せそうになってきたのに、今、御堂に余計なことを吹き込まれては台無しだ。

「目的が何か聞き出してみる。お前は先に帰っててくれ」

佐久良は小声で森村に命じた。

「頑張ってください」

森村も小声で答え、一人で駅に向かって歩いて行った。

森村とすれ違った御堂が、まっすぐ佐久良に近づいてくる。

「ここで会うってことは、まだ裏付け捜査をしてるのか？」

御堂が開口一番、尋ねてくる。

「まだって、人が一人死んでるんだ。いくら本人の自供があったって、そんな簡単に捜査を終わらせられるわけがないだろう」

佐久良が厳しい口調で答えると、御堂がフンと鼻で笑った。

「だったら遊んでないで、もっと捜査したらどうだ？」

「誰が遊んでるって？」

侮蔑《ぶべつ》よりも嘲笑《ちょうしょう》を感じる御堂の言葉に、佐久良は反発を抑《おさ》えきれなかった。自分だけでなく、警察全体を馬鹿にされたのだ。

「違うのか？　こんなことをしてるのに？」

御堂は佐久良の顔の前に、自らのスマホを掲げて見せる。その画面には正面から車を撮った写真が表示されていた。

「……っ……」

見た瞬間、佐久良は息を吞んだ。顔から血の気が引くのがわかる。それは昨日の佐久良と若宮だった。キスをしているところがはっきりとわかる写真だ。

どうにかして誤魔化《ごまか》さなければならない。写真という決定的な証拠があっても、キスだけだ。そのときのやりとりがわかるわけではない。

「……あいつは少しスキンシップが激しいところがあるんだ」

我ながら苦しい言い訳だと、佐久良もわかっている。だが、この短い時間では他に何も思いつかなかった。

「ま、キスくらい、酔った勢いですることもあるからな」

御堂の言葉に、納得してくれたのかとほっとしたのもつかの間だった。

「けど、このときはキス以上のこともしてたよな？」

御堂がスマホを操作し、改めて、佐久良に突きつける。

言葉どころか、息すらも出せなかった。次に見せられたのは、写真ではなく、動画だった。キスをした後、若宮が佐久良の胸をまさぐる様が、はっきりと映し出されている。その愛撫に感じている佐久良の上気した顔も確認できた。

自分はこんな淫らな表情をしていたのか。佐久良は呆然として立ち尽くす。

マンションの地下駐車場、通りかかる車も人もいなかった。車の陰《かげ》にでも隠れていたのだろう。正面から撮られているのに、まったく気付かなかったとは、どれだけ油断していたのか。刑事失格だ。

「お前、これ、イッてるだろ？」

笑いを含んだ声に、佐久良は羞恥で顔が熱くなる。

御堂の目的がわからない。ただ佐久良を辱めたいだけではないはずだ。捜査に手心を加えさせるにしろ、情報を得るためにしろ、自供済みで正当防衛を狙っている今回の事件のために、ここまでするだろうか。

「お前にとやかく言われる筋合いはない。勤務後のことだ」

「そうかな？　捜査一課の刑事が男同士で乳繰《ちちく》りあってるなんて、なかなかのスキャンダルだ。上は喜ばないだろうな」

「何が言いたい？」

佐久良は御堂の真意を探るように目を細めて見つめる。

「そうだな……」

御堂は考える素振りを見せた後、佐久良の肩に手を回し、耳元に顔を近づけた。

「これから本庁に戻るんだろう？　俺も捜査の邪魔をする気はない。勤務後に、ゆっくり話をしよう」

御堂はさっきの佐久良が言った『勤務後』を強調する。誘いを断らせないためだというのはすぐにわかった。

「終わったら、連絡してこい」

そう言い残し、佐久良の返事を待たずに御堂は立ち去った。

御堂が何の目的でここにいたのか。聞き出すこともできず、佐久良はその場で立ち尽くすしかなかった。

考えがまとまらないまま、一課に戻ってきてしまった。それでも佐久良にはしなければならないことがある。御堂のことを考えている暇はない。

佐久良が一課に顔を見せると、すぐに班員が集まってくる。

「若宮、望月、お前たちの言ってたことがよくわかったよ」

まず佐久良は二人に自分の感想を伝えた。先に帰った森村からも報告はあったようで、皆、苦笑いだ。

「その上で、小宮陽人の送致は明日に持ち越す」

「大丈夫なんですか？」

望月が気にしているのは一課長のことだろう。急《せ》かされているのは全員が知っている。それを無視することになるのだ。

「納得してもらうしかないだろう。もしかしたら……」

そこまで言ってから、この先を口にしていいものか、佐久良は躊躇った。まだ何の根拠《こんきょ》もない、ただの勘《かん》でしかない。だが、勘すらないままで、班員たちを従わせるのも横暴《おうぼう》すぎるような気もした。

「被害者を突き飛ばしたのは、高見愛理かもしれない」

佐久良の言葉に静寂《せいじゃく》が訪れた。もっともそれはほんの一瞬だった。

「小宮陽人が彼女を庇っているってことですか?」

「その可能性がある。二人が口裏を合わせていたから、全く同じ証言しか出なかったんだ。事前に決めたこと以外は、覚えていないことにしようとな」

それなら、不自然なほどに証言が一致するのも理解できる。事件発生から出頭するまで時間は充分にあった。

「だとしたら、余計にあのお気楽な態度はおかしくないですか。もっと後ろ暗さとか出るんじゃないですかね」

森村が納得できないと声を上げる。実際に愛理が佐久良に媚びを売る姿を間近で見ていたからだ。

「人に罪を着せて悪いことをしたと思っていなければ、罪悪感など抱かない」

佐久良が愛理を見て思ったことだ。本人は友人だと言っていたが、そうだとしても自分を守るために、人を殺してしまった陽人に対する情が愛理からは一切感じられなかった。感謝も申し訳なさもだ。だからこそ、もしかしたら、と思ったのだ。

「今の女子高生、理解できねえ」

そう呟いたのは誰だったか。おそらく、この場にいる誰しもが思ったことだった。

若者の気持ちが理解できないという以上の異常さを感じて、なんとなく沈んだ気持ちになったのは佐久良だけではなかったようだ。解散を告げても、皆、微妙《びみょう》な表情だった。

それぞれが帰り支度をする中、望月が近づいてくる。

「班長、ちょっといいですか?」

望月は一人だった。さっきまでは若宮もそばにいたはずだが、もう姿は見えない。既に帰っているのかどうかわからないが、若宮がいないことに佐久良は少し安堵する。御堂に知られてしまったから、仕事を離れた場で若宮と会うのは避けたかった。

「どうした?」

問い返す佐久良に答えず、望月は周囲を気にする様子を見せた。

佐久良班のメンバーは全員いなくなっていたが、捜査一課自体は無人ではなかった。捜査に関することなら、声さえ落とせばここで話しても問題はない。だが、それを気にしているというのなら、そうではないということだろう。

捜査の話でないなら断りたかった。若宮とのことを御堂に知られてしまったばかりで、望月ともできれば今は距離を置きたい。だが、いつもと違った態度を取れば、何かあったと勘ぐられてしまう。刑事としてはまだまだでも、佐久良のことに関しては、二人は異常に嗅覚《きゅうかく》が鋭《するど》いのだ。

「この時間なら、第二は空いてるな」

佐久良はそう言いながら立ち上がる。捜査一課にも近い第二会議室は、この間、御堂とも話をした部屋だ。

「それでいったい……」

部屋に入るなり、佐久良は言葉を封じられ、背中から抱きしめられた。

「望月、話は？」

「その前に、誰の匂いですか？」

佐久良の肩口に望月は顔を埋め、詰問《きつもん》する。

「匂い？」

「香水の匂いがします」

断定され、佐久良は首を傾げる。佐久良は香水などつけていない。捜査一課内でも香水をつけた刑事はいないし、聞き込みで出かけたときにも電車は空いていて、誰かと体を密着させるような状況にもならなかった。

「男性用の香水ですね。しかも、相当、自分に自信がある男がつけるような香りです」

鼻がきくのか、香水に詳しいのか、望月は断言した。

佐久良の頭によぎったのは、御堂だ。そして、その御堂にはほんの数時間前に肩を組まれている。匂いはそのときに移ったのかもしれない。

「心当たりがありそうですね」

「いや、少し肩が触れたくらいで……」

望月の声音《こわね》に責めるような響きがある。だから、どうしても言い訳めいた口調になってしまった。

「御堂弁護士ですか？」

香水の残り香と佐久良の態度だけで、望月は確信したようだ。こんなにあっけなく見抜かれるとは思わず、咄嗟《とっさ》に否定の言葉が出なかった。

望月は忌々《いまいま》しそうに深い溜め息を吐く。

「あの男には気をつけてください」

「……どういう意味だ？」

既に弱みを握られてしまったとは言えず、佐久良は知らないふりで尋ねる。

「気になったので、あの男を調べてたんです」

だから昨日もすぐに帰ったのだと望月は付け加えた。

「班長に関わってこないのなら、放置するつもりでしたが、もし、手出ししてくるようなら追い払わないといけませんから」

「あいつは何かまずいことでもしてたのか？」

佐久良を脅《おど》してきたやり方から、まっとうな弁護士でないことは明らかだ。だが、マスコミにも名前が挙がるほどなのだから、危ない真似はしていないのではないか。佐久良はそう思って尋ねた。

「元々、裁判で勝つためには手段を選ばないという評判はあったようです。同業者には嫌われてますが、依頼人の評価は高いです」

「だろうな」

依頼人からすれば、自分に利益をもたらしてくれる弁護士が一番だ。人当たりがよかろうが、世間の評判がよかろうが、裁判に負ける弁護士に依頼したいと思う人間などいない。御堂からすれば、同業者たちの声は負け犬の遠吠《とおぼ》えでしかないだろう。

「ですが、その選ばない手段の中に、裏社会の人間を使っているという噂があります」

「いくらなんでも、さすがにそれは噂だろう。仮にも弁護士だぞ？」

「この事件が片付いたら、本腰入れて調べます。絶対にしっぽを摑んでやりますよ」

普段冷静な望月にしては熱い。眼鏡の奥の目に力が感じられた。

「だから、それまで班長はあの男に近づかないでください」

「今回のように仕事で関わることがあれば、避けようがない」

望月に嘘は吐きたくないという思いから、曖昧《あいまい》な答え方しかできなかった。佐久良が近づきたくなくても、近づかなければならない理由ができたのだ。けれど、それは望月には言えなかった。

「それはもちろん、仕事の場で会うのなら、俺も何も言いません。仕事の場でだけなら」

念を押すような言い方をして、望月が一歩、佐久良に近づく。

「でもこの匂いが移ったときは、仕事ではなかったはずです」

射すくめる強い視線に、佐久良は言葉が出ない。

「いつ会ったんですか?」

「さっき、偶然《ぐうぜん》……」

「それを俺が信じるとでも?」

「本当だ」

佐久良にとっては真実だが、御堂にとっては偶然ではないのかもしれない。そう思ったが故《ゆえ》に、声に迷いが出てしまった。それを望月は見逃さない。

「いいでしょう。班長が素直になれるよう、体に聞くことにします」

望月がさらに一歩近づき、佐久良を抱き締めた。

「お前っ、こんなところで……」

「大丈夫です。鍵《かぎ》は閉めました」

いつの間にと感心するよりも早く、望月の手が佐久良の双丘を揉みしだく。

「やめろ」

佐久良は望月を押し返そうと、その胸に手をついた。

腕力なら佐久良のほうが上だ。格闘《かくとう》になっても望月には勝てる自信がある。けれど、その力を封じるかのように、望月の指が双丘の狭間《はざま》を撫でた。

「……っ……」

佐久良は身を震わせ、息を呑む。

スラックスの上から撫でられただけだ。それでも、そこから沸《わ》き起こる快感を知っている体が心を裏切る。望月を押し返そうとした手は、そのままそこに留めることしかできない。

撫でていた望月の指に力が入り、一カ所で止まった。

「はぁ……」

後孔に指を強く押しつけられ、佐久良は微かな息を漏らし、望月にすがりつく。

「どうしました?」

望月が佐久良の耳朶に唇を這わせながら問いかける。佐久良の反応の理由などわかっているくせに、気付かないふりをして、佐久良を焦らす。

答えられない佐久良の耳に、カチャカチャとベルトを外す音が聞こえてきた。考えるまでもなく、佐久良のベルトを望月が外している音だ。

「よせ……うっ……」

声を上げた佐久良の口に、望月の指が押し込まれる。

「舐めてください」

いつもは命令する立場の佐久良が命令される側になる。そのことにゾクゾクとした快感を覚えた。佐久良は自分にMの気質があるとは思っていなかったが、完全にSである望月に命じられると従わなければいけない気になってしまう。

望月の目的がわからないまま、佐久良は口中の指に舌を絡ませていく。まるで屹立を愛撫するかのように、指先から根元まで舐め回す佐久良に、

「こういうところは素直なんですね」

望月が満足げに言って、指を引き抜いた。

これでもう納得してくれたのかと、望月に視線を移すと、ふっと微笑まれた。その次の瞬間だった。

「いっ……あぁ……」

唾液で濡らした指が佐久良の中に押し入ってくる。ローションほどの滑りはなく、引《ひ》き攣《つ》れた痛みに佐久良は望月の肩に顔を押しつけ、声を押し殺す。

前を緩めてできた隙間から、望月が下着の中に手を忍び込ませるまでは一瞬で、止める隙もなかった。

滑りは足りなくても、押し込まれた指は中で探るように蠢《うごめ》く。

「や……そこっ……」

佐久良は小声で訴える。もちろん、そこを弄るのをやめてほしいという意味で言ったのに、当然のごとく、望月は曲解した。

「知ってます。ここがいいんですよね?」

「ああ……はぁ……っ……」

答えを求めない問いかけをしながら、望月は前立腺を指の腹で刺激する。

佐久良の中心がはっきりと形を変えていく。それは下着を押し上げるほどで、このままでは濡らしてしまいかねない。佐久良はそっと下着の中に手を差し入れた。

「いやらしい人ですね。こんなところで扱くなんて」

「お前……が……するか……ら……」

絶えず後孔の中の手は蠢いていて、言葉がまともに出てこない。それでも佐久良はどうにかやめてほしくて訴える。

「俺は後ろしか触ってませんよ。勝手に勃たせたのは誰ですか?」

「そんな……あっ……ん……」

中の指が円を描くように肉壁に沿って一周する。前立腺だけではない。後孔内は全てが性感帯に変えられていて、どこを刺激されても体は昂ぶる。もはや佐久良の中心は完全に勃ち上がっていた。

「あの男と連絡を取り合ってるんですか?」

もう止められないところまで昂ぶらせておいて、望月が追求を再開した。

「ち……違うっ……」

否定する佐久良を見て、望月は呆れたように息を吐き、中の手を止めた。

「正直に話さないのなら、このままの姿で外に出しますよ?」

恐ろしい脅し文句に、ヒュッと喉が鳴る。そんなことをするはずがない。そう思いたいのに、望月の冷たい視線が突き刺さり、体が震える。

「本当に違うんだ。あの子の家を出てすぐ、御堂に会っただけだ。森村に聞けばわかる」

望月が手の動きを止めているから、どうにかまともに喋ることができた。信じてほしいと、佐久良は一気にまくしたてた。

「そうですか。班長の意思ではなく、向こうから接触してきたということですね」

納得したからイかせようというのか、中の指が再び動き始めた。それでも前には触れてくれない。

早くイキたい。佐久良はそれだけしか考えられなくなった。

ポケットからハンカチを取り出し、それを掴んだ手を下着の中に差し入れる。こんな場所で股間をさらけ出したくはなかったし、このままでは下着を濡らすことになる。だから、ハンカチで屹立を包み込む。

荒くなる呼吸は望月の肩に口を押しつけて誤魔化し、自らを扱いて追い上げる。その間も、望月は後孔を刺激し続ける。

「くっ……」

佐久良は言葉もなく、低く呻《うめ》いて達した。ハンカチが濡れて染《し》みが広がっていくのを手のひらで感じる。

そういえば、昨日も若宮にハンカチで包まれて達した。その記憶が蘇《よみがえ》り、ますます自己嫌悪に陥《おちい》り、顔が上げられない。

望月がゆっくりと指を引き抜いた後で、佐久良も前からハンカチごと手を引き出した。

「コレは預かりましょう」

濡れたハンカチを望月が取り上げる。持って出るにも困る代物だから、望月なりに気を遣ってくれたのかもしれない。

「班長は先に出てください。俺は換気《かんき》をしておきます」

気遣いを感謝したのもつかの間、最後に羞恥を煽る言葉を投げかけられ、佐久良は赤くなった顔を隠すため、急いで会議室を出た。

こんな顔のままでは一課に戻れない。どこかで熱を冷まさなければと、廊下を一課とは逆方向に歩き出す。けれど、ほんの数メートル進んだだけで、足を止めざるを得なくなった。

「佐久良も休憩か？」

すぐに背後からよく知った声に呼び止められた。そういえば、このまま進むと自動販売機のある休憩所だと思い出す。今の状況ではこの声の主に合わせる顔がない。だが、逃げる勇気もなかった。

「……本条《ほんじょう》さんもですか？」

佐久良は一息吐いてから、振り返った。そこには佐久良のもっとも尊敬する刑事である、本条が立っていた。

「この後、また出て行くんだけどな。吉見《よしみ》待ちだ」

そう言って、本条がふっと笑う。確か、本条たちも殺人事件の捜査に当たっているはずだ。容疑者を確保したとは聞いていないから、今もまだ捜査中なのだろう。

「顔が赤いな。大丈夫か？」

本条は佐久良を見つめ、心配げに言った。

いたたまれなさと申し訳なさが佐久良を襲《おそ》う。ほんの数分前まで神聖な職場で、あり得ない行為をしていたのだ。気付かれるような痕跡を残す望月ではないが、それでも佐久良は落ち着かない。

「暖房が効きすぎてたみたいです」

「なら、冷たいものでも奢《おご》ってやろう」

自動販売機の前まで移動し、本条が佐久良のためにカップのアイスコーヒーを買って渡してくれた。

「ありがとうございます」

「安い恩《おん》だ」

本条は笑って答え、自らも同じコーヒーを購入し、自動販売機の前にあるベンチに腰を下ろす。そして、佐久良にもその隣に座るよう勧めてきた。休憩すると答えた手前、断れない。気まずさを押し隠し、佐久良も座った。

「今の事件、厄介《やっかい》そうだな」

どこまで知っているのか、本条の言葉には気遣いが感じられた。既に容疑者が自首している状況なのに、送致を躊躇っていることを知っているようだ。

「ああ、いえ、俺が拘《こだわ》りすぎてるだけかもしれません」

「手伝ってやりたいんだが、こっちはこっちで厄介でな」

「そんな……、本条さんの手を煩《わずら》わせるわけには。これは俺たちの事件ですから」

慌てて答えた佐久良に、本条が苦笑いを浮かべる。

「それな、本当は俺たちが担当する予定だったんだよ」

「そうなんですか？」

予想外の告白に佐久良は驚きを隠せない。

「俺たちも待機だっただろ？　最初、うちに話がきたんだが、班長が渋った」

「それはどうして？」

「そりゃ、面倒なことだけ回されてもな。それにお偉《えら》いさんが口出しするような事件、進んでやりたがる奴はいない」

はっきりと言われれば、佐久良も納得するしかない。

「押しつけ合ってる最中に、他の殺人事件が起きたんで、うちはそっちを担当するって、班長が言い張った結果、こうなった」

「そうだったんですね」

本条たちの班長なら一課長相手に断ることができても、佐久良には無理だ。裏事情を聞かされたところで、佐久良がこの事件を担当するのは変わらなかっただろう。

「だが、結果的にお前のところに回ってよかった」

「何故ですか？」

「ただ右から左へと流すんじゃなくて、ちゃんと自分が納得できるまで捜査してる。そのおかげで見えなかった真実が見えてくるかもしれない。その可能性はお前にしか見つけ出せなかったことだ」

「結果は何も変わらないかもしれません」

「それでもだ」

本条は佐久良を励まそうとしたわけではないのだろう。自分が思ったことを伝えたに過ぎない。けれど、本条の言葉は、今の佐久良には何より嬉しかった。御堂と会って以降、落ちていた気分が少し浮上した。

これで気分良く帰れる。そう思ったときだった。佐久良のスマホがメールの着信音を響かせる。

本条に断りを入れ、ポケットから取り出すと、画面に表示された送信者と件名が目に飛び込んできた。

「すみません。用ができたので、お先に失礼します」

佐久良は慌てて立ち上がり、本条から離れてメールを開いた。御堂からの呼び出しのメールには、仕事が終わり次第、宿泊先のホテルに来るようにと記されてあった。

4

御堂《みどう》に指定されたホテルに佐久良《さくら》が到着したのは、午後八時過ぎだった。本当はもっと早く来ることはできた。だが、仕事が終わり次第という曖昧《あいまい》な指示だったのをいいことに、しなくてもいい書類を纏《まと》めたりして帰宅を引き延ばした。

もっとも、御堂と会うのを送らせたところで、問題が解決しないのははっきりしている。御堂と話し合わなければ、ずっと気持ちは追い詰《つ》められたまま、裁判《さいばん》の判決を待っているようなものだ。

佐久良にはどう考えても、御堂の目的がわからなかった。もし、御堂が自分の仕事を有利にするため、佐久良を手足にするつもりでいるのなら、最悪の場合、辞職《じしょく》も頭に入れていた。捜《そう》査《さ》情報を流すこともできないし、捜査に手心を加えることもできないからだ。それをしてしまえば、警察官《けいさつかん》ではなくなる。佐久良には揺るぎない信念があった。

だが、佐久良がそう答えたところで、御堂が引き下がるとは思えない。実際、動画を流出させても御堂に得はない。御堂からすれば佐久良に刑事《けいじ》を続けさせなければ意味がないのだ。

メールには部屋番号が記されてあったから、佐久良はフロントを通さず、直接部屋に向かう。外の景色が見えるガラス張りのエレベーターが、煌《きら》びやかな東京の夜景を描《えが》き出しているが、それらは今の佐久良の目には入らなかった。

エレベーターを降り、絨毯《じゅうたん》の敷き詰められた廊下《ろうか》を通って、目的の部屋へと到着する。ドア横にあるインターホンを押すと、ほどなく御堂が顔を見せた。

「よく来たな」

御堂がニヤリと笑って、佐久良を部屋に招き入れる。

「来るしかないだろう」

「それはそうだ」

くくっと御堂が喉《のど》を鳴らして笑う。

部屋は思っていた以上に広かった。スイートほどではないものの、ベッドルームとは別にリビングまである。御堂が何のためにこの部屋を取ったのか知らないが、一人にしては随分《ずいぶん》と贅沢《ぜいたく》だ。

「まあ、座れよ」

御堂が勧《すす》めたソファは二人がけで、佐久良が座ると、すかさずその隣に御堂も腰を下ろす。

「自宅に帰れないほど忙《いそが》しいのか？」

「仕事はそこまで忙しくないが、ここだと何かと便利なんだ」

そう答えた御堂が顔を横に向け、佐久良をじっと見つめる。

「お前の尾行《びこう》をするのにな」

御堂の言葉に佐久良は絶句《ぜっく》する。刑事でありながら、尾行されていたことに気付かなかったのがショックだった。

「偶然《ぐうぜん》、あんな写真が撮れたと思ってたのか？　とはいっても、四六時中つけ回せるほど、俺も暇《ひま》じゃないんでな。すぐにこんな写真が撮れたのはラッキーだった」

「……どうして俺を？」

佐久良は声を絞《しぼ》り出して尋ねる。

「そりゃ、捜査一課《そうさいっか》の班長《はんちょう》になってたからだよ。今回の事件じゃ、何も頼みごとをするようなことはないが、この先、何があるかわからないからな。弱みを握《にぎ》っておいて損《そん》はない」

御堂はあっけらかんと答えた。やはり狙《ねら》いは佐久良の読みどおりだった。

「いつもこんな真似《まね》をしてるのか？」

「さあ、それはどうかな」

正直に答えるとは思っていなかったが、御堂は否定《ひてい》もしなかった。

佐久良は望月《もちづき》に聞かされたばかりの話を思い出す。御堂は裁判に勝つためなら手段を選ばず、裏組織と関《かか》わっているという噂《うわさ》もあるのだと。そんな御堂からすれば佐久良を脅《おど》すことくらい、たいしたことではないのだろう。

「いくら脅されようと、俺はお前の思いどおりにはならない」

答えは最初から決まっていた。刑事としての誇《ほこ》りを失うくらいなら、警察を辞《や》めるだけだ。

佐久良は決意を口にした。

「なるほど、刑事のお前は揺《ゆ》るがないわけか。だが、相手の男はどうだ？　まだ若いんだろう？」

佐久良に脅しがきかないのならと、御堂が狙いを若宮《わかみや》に変える。それでも佐久良は引かなかった。

「あいつも俺と同じだ」

佐久良は迷《まよ》うことなく答えた。刑事としてはどうかわからないが、佐久良が御堂の言いなりになることを若宮が受け入れるはずがない。それだけは確信できる。

「愛されてる自信ってやつか、面白い」

そう言いながらも、御堂は少し考える素振《そぶ》りを見せた。要求を受け入れない佐久良に対して、新たな一手を繰《く》り出そうとしている。

次は何を言い出すのか、佐久良はまだ緊張《きんちょう》が解《と》けず、強《こわ》ばった表情で御堂を見つめた。

「刑事じゃなくて、佐久良堂の息子としてお前はどうだ？」

「な、何……？」

「老舗《しにせ》の和菓子屋の息子がゲイで、しかもカーセックスをしている動画まである。なかなかのスキャンダルだろう？」

御堂の言葉は確実に佐久良を追い詰めた。顔から血の気が引いていくのをこんなにリアルに感じるのは初めてだ。

三人兄弟の末っ子で、兄は跡継《あとつ》ぎとして、姉も会社幹部《かんぶ》として、実家に貢献《こうけん》する中、佐久良だけが自由だった。刑事になりたいと言ったときも反対されず、好きな生き方を応援《おうえん》された。それなのに、そんな家族に迷惑《めいわく》をかけようとしている……。

佐久良は言葉もなく顔面蒼白《がんめんそうはく》となり、項垂《うなだ》れるしかなかった。

「お前は俺の言いなりになるしかないんだよ」

御堂の冷酷《れいこく》な言葉に、佐久良はそれでも首を横に振る。家族には迷惑をかけたくないが、犯《はん》罪《ざい》を見逃すような真似も、助長するようなこともできない。

「他に……、他のことなら……」

「刑事じゃないお前に求めるものはねぇよ」

佐久良の懇願《こんがん》に、御堂が眉間《みけん》に皺《しわ》を寄せ、何かあるかと答えを探す。だが、すぐにその表情に酷薄《こくはく》な笑みが浮かんだ。

「わかった。なら、代わりにその体を差し出せ」

「体……？」

何を言われたのか理解できず、佐久良は顔を上げる。

「あの若い部下に、さんざん可愛がられてるんだろう？」

御堂が佐久良の首筋《くびすじ》に手を這《は》わせ、そのままシャツの襟元《えりもと》を力任せに引っ張った。ネクタイが緩《ゆる》み、ボタンが一つ弾《はじ》け飛ぶ。

「フン、キスマークの一つでもあるかと思ったが、見えるところにつけるほど馬鹿じゃないか」

それならと御堂はシャツのボタンを次々に外《はず》していく。ネクタイはとっくに引き抜かれ、胸元が大きく開かれて素肌《すはだ》が覗《のぞ》く。

「御堂、冗談《じょうだん》だろう？」

佐久良は信じられない思いで問いかけた。

親しくなかったとはいえ、高校時代の御堂は有名人だったから、その素行《そこう》は噂で知っていた。彼女が途切《とぎ》れたことがないとか、年上美人と付き合っているとか、とにかく女性関係は派手《はで》だった。だから、こんな状況《じょうきょう》でも御堂が本気で男の佐久良に興味を持っているとは思えず、抵抗が遅れた。

「あ……」

不意に胸を撫《な》でられ、声が上がる。

「随分と感じやすいんだな。相当、弄《いじ》くられてるんだろう」

楽しそうに笑う御堂の視線が、一点に注《そそ》がれていて、佐久良は羞恥《しゅうち》で言葉も出ない。

「こんなものを見せつけられたら、嫌《いや》でもお前自身に興味が湧《わ》くってもんだ」

御堂が体重をかけ、佐久良をソファに押し倒す。

「お前、いつ、宗旨《しゅうし》替えしたんだ？」

「男のほうがよくなったのは、いつかって聞いてるんだよ」

すぐに答えが返ってこないことに苛立《いらだ》ったのか、御堂が佐久良の乳首を強く抓《つま》んだ。

「いっ……」

痛みで佐久良の顔が歪《ゆが》む。けれど、そのまま軽く指先で尖《とが》りを擦《こす》られ、痛みに上げた声は甘く掠《かす》れた。

「は……あぁ……」

「ここまでいい反応をするってことは、元々、男のほうが合ってたんだな」

もはや佐久良の答えは待たず、御堂は胸を弄くる手をそのままにして、顔を近づけてきた。

「口を開けろ」

ここまでされれば御堂の企《たくら》みはわかる。だが、受け入れられるかといえば、それは別問題だ。若宮と望月とはそういう関係にあっても、佐久良はゲイではない。二人以外の男とキスをするのは抵抗があった。

「俺に逆らっていいのか？　俺は充分に譲歩《じょうほ》したぞ」

至近距離で佐久良の顔を覗き込む御堂の表情は険《けわ》しい。これ以上の譲歩はしないという意思が感じられる。

確かに譲歩はしているのだろう。脅されている側である佐久良の要望を聞き入れ、刑事の誇りを傷つけることなく、実家にも迷惑をかけずに済む方法を提示されたとも言える。

もう何度も抱かれた体だ。相手が違うとはいえ、やる行為自体は変わらないはずだ。だから、佐久良は覚悟を決めた。御堂を見つめ返し、薄く唇を開く。

「う……っ……」

互いの距離をなくされ、いきなり舌が押し入ってきた。

佐久良がそれに応えることはないが、その代わりに御堂の舌は口腔内《こうこうない》を蹂躙《じゅうりん》していく。息苦しさに少しでも顔を逸《そ》らそうとするが、既《すで》に佐久良の頭はがっちりと御堂によって抱え込まれ、逃げることは許されなかった。

口づけの間に、御堂の手が胸元へと降りてきた。さっき一瞬だけ触られた乳首を撫でられ、背筋《せすじ》に震《ふる》えが走る。こんな男の愛撫《あいぶ》にも浅ましく快感《かいかん》を得てしまう体が情けない。悔《くや》しさで涙《なみだ》が滲《にじ》む。

しばらく口中を貪《むさぼ》っていた御堂がようやく口を離した。そして、そのままその口を首筋へと移動させていく。

「あっ……」

唇が胸の尖りに辿《たど》り着き、思わず声が漏《も》れた。

「ここも存分に可愛がってやろう」

その言葉のすぐ後、乳首に吸《す》い付かれ、佐久良は反射的に御堂の肩を押し返した。

拒《こば》める立場にないことはわかっていたし、覚悟は決めたつもりだったのに、若宮や望月のものではない感触に拒否感が出てしまった。

御堂がすっと顔を上げる。そして、また正面から見つめ合う。そこには拒まれたことへの怒りは感じられなかった。むしろ面白がっているかのように口角が上がっていた。

「兄貴の息子がこの春、小学校入学だったか？」

御堂がふと思いついたかのように、この場にそぐわないことを言い出した。御堂に兄弟がいたかどうかは知らない。だが、佐久良には兄がいて、その息子は四月に佐久良の母校に入学予定だ。

どうしてそんなことを知っているのか。佐久良の目は驚愕《きょうがく》に見開かれる。そんな佐久良の反応を見ながら、御堂はさらに追い打ちをかけた。

「男好きで淫乱《いんらん》な叔父《おじ》さんがいるなんて知られたら、この先、大変だろうな」

「やめてくれっ」

「なら、どうすればいいかわかってるな？」

御堂はニヤリと笑うと、無情《むじょう》な命令を口にした。

「脱《ぬ》げ。もちろん、全部だ」

逃《のが》れられない未来に向けて、佐久良はのろのろと立ち上がる。

裸《はだか》を見られるくらい、たいしたことではない。そう思い込もうとしても、シャツのボタンを外す指が震《ふる》える。それでもどうにかジャケットもベストもシャツごと床に落とし、上半身を露《あら》わにする。

舐《な》めるような視線を感じながら、佐久良は一枚ずつ鎧《よろい》を落としていく。体はどんどん無防備になり、心許《こころもと》なさと不安に体が震える。

最後に残った下着を足から引き抜いた。これでもう佐久良の体を覆《おお》うものは何一つない。佐久良は顔を上げられなかった。御堂がどんな目で自分を見ているのか、それを知るのが怖かった。

立ち上がった御堂が佐久良に近づいてくる。その手には佐久良のネクタイがあった。

「後ろを向け」

御堂に命じられ、佐久良はゆっくりとそれに従い、背中を向ける。

御堂の手が佐久良の両手首を摑《つか》み、背中に回すと、一纏めにして縛《しば》った。おそらくネクタイを使ったのだろう。

「なんで……?」

素直に従っているのに拘束《こうそく》される意味がわからず、佐久良は命じられていないのにまた御堂に体を向けた。

「うっかり殴《なぐ》られたりしたら困るからな。念のためだ」

御堂は佐久良の肩を押し、再びソファへと座らせる。それから更《さら》に自らのネクタイを引き抜き、佐久良の片方の足を折り曲げ、太腿《ふともも》と足首辺りを纏めて縛った。そのせいで、佐久良は自力で立ち上がることを封じられる。

「いい格好だ」

佐久良を見下ろし、御堂は満足げに呟《つぶや》くと、すっとその場から立ち去った。

何かしてほしいわけではないが、放置されるのは落ち着かない。しかも動けない状態では尚《なお》更《さら》だ。

御堂が向かったのは、クローゼットだ。その扉《とびら》を開け、中から何かを取り出しているのはわかったが、それが何かに気付いたのは、御堂が戻ってきてからだった。

「それ……」

問いかけようとした声が上擦《うわず》る。御堂の手の中にあるものから、目が離せない。

「さすがにこれくらい、真面目《まじめ》なお前でも知ってるか」

御堂が馬鹿にしたように笑って、佐久良の目の前にそれを突きつけてくる。

持ち手の先にピンポン球くらいの大きさの玉が五つ連なったそれは、使ったことも実物を目にしたこともなかったが、明らかに大人のオモチャだ。そんなものをこの場に御堂が持ち出してきたことで、佐久良の表情が強ばる。

「たまたま持っててよかったよ」

「そんな偶然があるわけ……」

「ないよな。もちろん、お前に使うために用意したに決まってるだろ」

御堂の台詞《せりふ》を佐久良は信じられない思いで聞いていた。佐久良がこの状態になったのは、御堂の最初の要求を撥《は》ね付けたからだ。御堂は最初からそれがわかっていて、こんなものを用意していたというのか。

「お前がどう答えようが、どっちみち、お前の体はもらうつもりだった」

「騙《だま》したのか？」

責める佐久良を御堂は鼻で笑い飛ばす。

「言わなかっただけだ。さあ、お喋《しゃべ》りは終わりにしよう。次は体で楽しませてくれ」

「は……ぁんっ……」

オモチャが佐久良の胸に押し当てられ、甘く掠れた息が漏れた。見ているだけではわからなかったが、持ち手の先にスイッチがあったようで、振動が胸に伝わってきた。

御堂はそのオモチャを佐久良の肌に沿って滑《すべ》らせて行く。腹や臍《へそ》に当てられるだけでもゾクゾクするのは、若宮と望月の二人がかりで体を作り変えられたせいだ。御堂相手に感じたくなくても、体は過敏《かびん》に反応を示してしまう。

「ああっ……」

オモチャが遂《つい》に中心へと辿り着いた。佐久良はソファの上で不自由な体を跳《は》ねさせる。振動がダイレクトに中心を刺激し、一気に形を変えた。

「こっちで感じるより、お前はこの奥のほうがいいんだろう？」

そう言いながら、御堂は屹立《きつりつ》の先端《せんたん》から根元へとオモチャでなぞり、股の間から奥へとそれを滑らせた。

「やっ……あぁ……っ……」

電動で震える先端を後孔に押し当てられ、佐久良は声を上げながら身悶《みもだ》える。

御堂はいつの間にか空《あ》いた手に小さなボトルを握っていて、片手でその蓋《ふた》を器用に開けた。

その様子を佐久良は潤《うる》んだ目で見つめていた。見るのも怖いのだが、見ないでいると次に何をされるかわからなくて、余計に怖さが増す。だから、目が離せなかった。

「んっ……」

ボトルの中身を股間《こかん》に垂《た》らされ、その冷たさに身が竦《すく》む。肌を伝う感触に、それがローションだとわかった。

滑《ぬめ》った液体はすぐに奥まで伝わっていく。震えるオモチャの先端にもきっと絡《から》んでいるのだろう。さっきまでなかった滑るような感覚があった。

「う……くぅ……」

丸い物体が入り口をこじ開けながら入ってくる。その圧迫感《あっぱくかん》に声が押し出される。

本来なら何も馴《な》らされていない状態で、こんなオモチャが入るはずがない。けれど、ほんの数時間前に望月が弄っていたせいで、中はまだ柔《やわ》らかさを保っていた。佐久良が傷つかずに済

んだという意味ではよかったのだが、御堂を楽しませるネタを与えてしまった。

「こっちももちろん開発済みってわけだ。どれだけ男を銜《くわ》え込んでるんだか」

おかしそうに御堂が喉を鳴らして笑う。

御堂はきっと佐久良に欲情してこんな真似をしているのではなく、いたぶって楽しんでいるだけなのだろう。過去から今に至っても、ほぼ付き合いなどなかったのだから、恨《うら》まれるような覚えはない。それでも佐久良を苦しめる御堂は楽しそうだ。

「あっ……はぁ……あぁ……」

オモチャを出し入れされ、佐久良の口からは引っ切りなしに声が溢《あふ》れ出る。デコボコとした塊《かたまり》が肉壁を刺激し続ける。その強すぎる刺激は快感となって、佐久良の目から涙を零《こぼ》れさせた。

屹立はとっくに先走りを零すほどに高まっているのに、ずっと無視をされ、後孔ばかりを責め立てられる。自分で触りたくても両手は縛られていて叶《かな》わない。

佐久良の意識は朦朧《もうろう》とし始め、あらぬことを口走りそうになる。御堂にさえ、浅ましいことを言ってしまいそうになる。そんな佐久良に僅《わず》かばかりの理性が戻ったのは、インターホンが鳴ったときだった。

御堂は一瞬だけ、視線をドアに向けたが、腰を上げることはなかった。だが、再びのインターホン音と佐久良のスマホが着信音を響《ひび》かせるのを耳にして、諦《あきら》めたように溜息《ためいき》を吐《つ》いた。

「時間切れのようだ」

そう呟き、御堂は手元の電源を切ってから立ち上がると、ドアに向かって歩き出した。この部屋は広く、佐久良のいる場所からはドアが見えない。佐久良が耳を澄《す》ませていると、

「班長、いるんでしょ」

今、この場では聞きたくなかった声が佐久良の耳に届いた。

佐久良はその声に答えられなかった。こんな姿を見せるわけにはいかない。けれど、佐久良の願い虚《むな》しく、荒々《あらあら》しい足音とともに、若宮と望月が姿を見せた。

「班長っ……」

佐久良の淫《みだ》らな姿を目にした二人は悲痛な叫《さけ》びを上げ、言葉を失っている。

佐久良は今、全裸《ぜんら》で両手を後ろ手に縛られ、片足も縛られた上で広げられ、奥にはオモチャを突っ込まれている状況だ。何をしていたのか、説明などいらなかった。

「なかなかいい眺《なが》めだろう?」

「てめえ、ふざけんな」

挑発《ちょうはつ》する御堂に、若宮が摑みかかる。

事情を知らない若宮が怒るのは当然だが、ここで御堂を殴ってしまえば、もっと御堂につけいる隙《すき》を与えてしまう。

「やめろ、若宮。合意だ」

佐久良の叫びに、若宮の動きが止まる。

「これが、合意ですか？」

望月が険しい顔で佐久良に詰め寄る。

「まあ、合意と言えば合意か。正確には取引の結果だがな」

佐久良が答える前に、御堂がにやついた笑みを浮かべて答える。佐久良はそれを否定できずに、ただ表情を強ばらせて唇を噛《か》みしめる。

「どんな取引をすれば、こんなことになるんですか」

今にも爆発《ばくはつ》しそうな怒りを抑《おさ》えているのか、若宮が震える声で尋ねてくる。

「そりゃ、体を差し出すしか、取引できるものがなかったからだよ」

「だから、それがどんな取引かって聞いてんだよ」

佐久良が答えないとわかったからか、若宮が御堂に怒りをぶつける。だが、そんな若宮に対して、御堂は馬鹿にしたように笑う。

「カーセックスの動画なんて撮られたら、言うことを聞くしかないだろう」

御堂の目はまっすぐに若宮を捉《とら》えていた。その相手は若宮なのだと御堂の視線が教えている。若宮もすぐに気付いたのだろう。真《ま》っ青《さお》な顔になり、佐久良に視線を移した。その視線を受け止めるだけの余裕は佐久良にはなかった。けれど、顔を伏《ふ》せたことが、御堂の言葉を認めた証拠《しょうこ》になる。

そんな二人の様子に、望月も誰が何をした結果、こうなったのかに思い至った。

「あんた、何やってんだ」

望月が若宮の胸ぐらを摑み上げる。望月にしては珍《めずら》しく荒い口調と荒っぽい行動に、若宮は抵抗しない。自分がしでかしたことを後悔《こうかい》しているのが、手に取るようにわかった。

「佐久良の相手はこの男だと思ってたが、まさか二人ともか？」

「だったら、なんですか？」

項垂れている若宮に代わり、望月が御堂を睨《にら》み付ける。

「なるほど、二人がかりで仕込んだ体ってことか。これは面白い」

御堂が声を上げて笑い出す。そして、ひとしきり笑った後、

「いいだろう。今日のところは俺はもう手を出さない。その代わり、お前たち二人が抱いてやれ。もちろん、今ここで、俺の前でな」

「なっ……」

信じられない御堂の言葉に、佐久良は思わず声が出た。先走りを零すほどに昂《たか》ぶっていた体も、若宮と望月がやってきたことにより、すっかり熱が冷《さ》めていた。後ろにはまだオモチャが収まったままだが、電源が切れていたから、快感を拾わずに済んでいる。だから、冷静になった今の佐久良には、到底、受け入れられる提案ではなかった。

「あの佐久良が男を銜え込んでるだけでも面白いのに、その相手が二人とはな。こんな面白い見世物はないだろう」

「見世物なんかになるわけないでしょう」

望月が不愉快《ふゆかい》そうに言い返す。

「できないなら、俺がするだけだ。お前たちが指を銜えて見てればいい。佐久良は受け入れてるんだからな」

そうだろうと問いかけるように御堂が佐久良に視線を落とす。

佐久良は静かに目を伏せた。若宮と望月が自分のために憤《いきどお》ってくれたり、助けようとしてくれているのはわかる。だが、それに縋《すが》ることはできない。佐久良には守らなければならないものがあるのだ。

「どうする？」

再度、御堂が尋ねる。

その答えなのか、チッと忌々《いまいま》しそうに舌打ちする音が聞こえた。そして、誰かが佐久良に近づいてくる気配を感じた。

「これはもういりません」

すぐそばで望月の声がして、佐久良は目を開ける。

目の前にしゃがみ込んだ望月がいた。珍しく労《いたわ》るような顔で佐久良を見つめた後、視線を落とした。

「くぅ……」

望月が後孔からオモチャを一気に引き抜く。その衝撃《しょうげき》にくぐもった声が漏れた。

「俺たちには、こんなものも必要ありませんよね」

優しい声に顔を向けると、若宮が佐久良の隣に腰を下ろした。若宮は佐久良の体を拘束するネクタイを解《ほど》いていく。ようやく体が自由になり、佐久良は自然と深い息を吐いた。

「ベッドを使っていいぞ」

にやにやした御堂に声をかけられ、若宮が無言で佐久良を抱き上げる。横抱き状態で隣のベッドルームまで運ばれ、静かにベッドに下ろされた。

若宮もベッドに乗り上げ、すぐに望月も上がってくる。ダブルサイズのベッドは男三人でも広さは充分で、高級なものなのか、軋《きし》む音もしなかった。

「すまない」

佐久良は二人にしか聞こえない程度の小声で、謝罪《しゃざい》の言葉を口にした。

「今は何も考えなくていいですから」

「俺たちに任せてください」

若宮と望月、二人がそれぞれ佐久良を労る。その優しさに佐久良は泣きそうになる。自分がもっと強くあれば、流されることがなければ、こんなことにはなっていなかった。二人の気遣いが余計に己《おのれ》の不甲斐《ふがい》なさを佐久良に突きつける。

若宮と望月が服を脱ぎ始める。これもきっと佐久良だけ裸でいさせないようにという、二人の気遣いに違いない。確かに、二人が佐久良と同じく全裸になってくれたことで、心許なさは少し和《やわ》らいだ。

「いきなり突っ込んでも大丈夫だぞ。なんせ、これを銜え込んでたんだからな」

御堂が佐久良を貶《おとし》める言葉を投げかけてくる。黙《だま》っていれば、自分の存在がなくなると、声を上げることで主張しているのかもしれない。御堂という観客がいることを知らしめ、佐久良に羞恥を与えるためにだ。

御堂はベッドの正面にデスクチェアを持ってきて、そこに座っていた。本当に佐久良たちの行為を眺めるつもりのようだ。

御堂の視線が突き刺《さ》さる。佐久良は思わず若宮の陰《かげ》に隠れようとした。

「視線が怖いなら見なきゃいいんですよ」

若宮が宥《なだ》めるように佐久良の頭を撫で、それから自らのネクタイを拾い上げた。

また縛られるのかとビクリと体を震わせる佐久良に、

「何も見ずに、ただ俺たちだけを感じてください」

望月が囁《ささや》きかけ、若宮の手によって佐久良の視界は塞《ふさ》がれた。目隠ししたネクタイは、佐久良の頭の後ろで結ばれている。

両手は自由だ。いつでも外せるのだが、二人の言うとおり、御堂の姿が視界に入らないほうが、まだ気持ちが落ち着く。だから、佐久良は自らそれを外そうとはしなかった。

「すぐに終わらせます」

耳元で若宮が囁く。

佐久良の背後に若宮がいるのは触れ合った感触でわかった。足を開いて座る若宮にもたれかかるようにして、上半身を支えられている。そんな佐久良の足を誰かが掴んだ。残るのは望月だ。

両足を開かれ、その間に望月が体を進めてきている。両膝《りょうひざ》を折り曲げられ、奥に再び外気が当たった。

露わになった後孔に何かが触れた。それがゆっくりと佐久良の中を犯《おか》していく。

「あ……はぁ……っ……」

佐久良の口から漏れたのは明らかな嬌声《きょうせい》だった。オモチャで解《ほぐ》されていたそこは、なんなく望月を受け入れただけではなく、最初から快感を得られるようになっていた。

オモチャでは感じなかった熱が佐久良を震わせる。無機質な塊ではなく、これが欲しかったのだと、内壁《じ》が望月を締め付ける。

いつもなら焦らしたり、意地《いじ》の悪い言葉で責めたりする望月も、今ばかりは静かだった。この見世物の状態《じょうたい》から早く佐久良を解放するために、ただ黙って腰を動かしている。

「こっちも弄りますね」

誰が触るのかを教えるように、若宮の声が耳元で響き、すぐに胸への愛撫《あいぶ》が開始される。

「ふっ……ぁあ……」

乳首を軽く抓まれ甘い痺《しび》れが走る。御堂に触れられたときとは違い、ただ快感だけを追うことができる。佐久良の放つ吐息は熱く、どれだけ感じているかを訴えていた。

後ろを望月に突かれ、乳首を若宮に刺激される。萎《な》えていた中心も完全に勢いを取り戻し、再びの先走りを零れさせる。

二人は佐久良だけを先にイカせようとはしなかった。望月も達しないと、御堂は終わったとは認めないだろう。だから、早く終わらせるためには、二人が呼吸を合わせて射精するのが一番だ。

「そろそろ……イキます」

望月の声は佐久良ではなく、若宮に向けて発せられたものだった。その声の後、誰かが佐久良の屹立に指を絡めた。望月の両手は依然《いぜん》として佐久良の足を抱えていたから、屹立を扱《しご》き始めたのは若宮だ。

「あ……んっ……」

待ちかねた直接的な刺激に、佐久良は甘く喘《あえ》ぐ。

望月の腰使いが激しくなり、若宮の手も上下に忙《せわ》しなく動く。

「もう……っ……」

佐久良は掠れた声で限界を訴える。

「はい、イッてください」

促《うなが》す若宮の声とともに先端に爪《つめ》を立てられ、佐久良は精を解き放った。望月もまたほとんど遅れず佐久良の中で果てた。もっとも、望月は知らぬ間にきちんとコンドームを着けていたらしく、抜かずに射精したのに中に広がる気配は感じなかった。

性急な射精に佐久良は肩を上下し、荒い呼吸を繰り返す。そんな佐久良から、望月がそっと自身を引き抜いた。

「なんだ、もう終わりか?」

御堂の声が佐久良を現実へと引き戻す。快感の波に呑《の》まれている間は、この場に御堂がいることを忘れていた。急に羞恥が蘇《よみがえ》り、開いていた足を慌《あわ》てて閉じる。

「二人いるんだ。次はそっちのでかいほうが抱いてやれ。今度はもっと俺がよく見えるようにしろよ」

御堂の命令は若宮に向けられたものだ。佐久良が積極的に動けないだろうことは、御堂もわかっているのだろう。

背後にいた若宮の体が一度離れる。けれど、すぐに背後から腰を両手で摑まれ、体を持ち上げられた。その体が下ろされた先は、若宮の膝《ひざ》の上だった。

「これでいいかよ」

「ああ、よく見える」

若宮の投げ捨てた言葉に、御堂が満足げに答える。

「もう少しだけ、頑張って」

若宮の囁きは耳に押しつけられた唇《くちびる》から、直接中へと注ぎ込まれる。

視界は塞がれたままだが、そのせいで他の感覚が研《と》ぎ澄まされているのかもしれない。耳への刺激が全身を震わせた。

佐久良の腰には若宮の昂ぶりが当たっている。こんな状況でも萎縮《いしゅく》することなく、自分を求めてくれる二人に、佐久良は胸が熱くなる。

「今度はもう最初からここも触りますね」

前方から聞こえてきた望月の声に、佐久良は小さく頷《うなず》く。何もできない佐久良は二人に任せるしかない。そして、二人なら佐久良を傷つけることはしないという信頼があった。

力を持たない佐久良の中心に、望月が手を触れる。その間に、若宮が佐久良の足を割り開いた。

「や……あっ……」

こんな子供にさせるような格好《かっこう》は嫌だと言いたかった。見えないのに、そこに熱い視線を感じてしまう。けれど、やめさせようとした佐久良の言葉は、中心を握られ途切れてしまう。

「俺たちだけに集中して」

「ここを見てるのは俺ですよ」

望月の発する声があらぬ場所から聞こえてきた。内腿の奥に息まで感じて、一瞬で体が熱くなる。

「もう入れますね」

若宮はそう言った後、また佐久良の腰を摑み、体を持ち上げた。だが、今度の下ろす先は、猛《たけ》った屹立の上だ。

「ああっ……」

重力も手伝い、さっきの望月よりも奥深くまで若宮が入ってきた。佐久良は悲鳴にも似た嬌声を上げる。一気に突き刺されたというのに、痛みも圧迫感もなかった。ただ激しい快感が佐久良を襲《おそ》う。

「美味《うま》そうに飲み込んでるぞ」

聞きたくないのに御堂の声が耳に入る。佐久良は言うなと首を横に振る。見られていて恥ずかしいのに、若宮の屹立に擦られ、感じてしまうのを止められない。

「は……うっ……」

佐久良の屹立が暖かいものに包まれた。それが口中の感触だと経験でわかった。奥深くまで後ろに突き入れられた状態で、前を口で愛撫され、佐久良の屹立はすっかり勢いを取り戻す。二人は仕事中の仲の悪さを感じさせない息の合った動きで、それぞれが佐久良を昂ぶらせていく。

「や……深っ……あぁ……」

下からの突き上げは佐久良の中を深く犯す。全身が快感に支配され、若宮に腰を摑まれていなければ、崩《くず》れ落ちてしまうだろう。佐久良の体からは力が抜け、自らを支えることもできない。だらりと垂れ下がった手もシーツを掠めるだけだ。

若宮が腰を上下させ、佐久良の双丘に打ち付ける音と、望月が屹立を唇で扱き立てる音、それに佐久良の淫らな喘ぎが混じり合い、室内を淫猥《いんわい》な空気が支配する。

「も……イク……イカせ……て……」

切羽詰《せっぱつ》まった涙声の訴えに、二人の動きが速くなる。突き上げは一層《いっそう》激しくなり、屹立は強く吸い上げられる。射精のタイミングは完全に二人に管理され、若宮が放つと同時に、佐久良の迸《ほとばし》りは望月の口中に収まった。

若宮もまた望月と同じように、いつの間にか着けていたコンドームのおかげで、佐久良の中に出すことはなかった。

二度の射精でぐったりとする佐久良を若宮と望月、二人がかりで持ち上げ、ベッドに横たわらせる。

「これで引き下がってくれるんだな?」

「今日のところはな」

若宮と御堂の会話が聞こえてくるが、それに口を挟《はさ》む気力も体力も、佐久良には残っていなかった。

「後はこの事件が終わってから、ゆっくり話をしよう。俺も忙しい」

佐久良をいたぶって満足したのか、御堂は引き留めはしなかった。

「班長は連れて帰る」

「是非《ぜひ》、そうしてくれ。置いて行かれても困るんでな。俺はまだ仕事がある」

その言葉の後、御堂が立ち上がる気配を感じた。

「班長、もう大丈夫ですよ」

若宮がそう言って、ようやく佐久良の目元からネクタイが外れる。既に御堂の姿はベッドルームにはなかった。

佐久良がまだ動けずにいる中、望月は既に服を身につけていた。さっきまで御堂の相手を若宮にさせている間に済ませていたようだ。

「若宮さん、俺は先に出ます」

「ああ。ここは任せろ」

何故《なぜ》か、早々に望月は部屋から出て行った。そして、残った若宮は先に自らが服を着た後、リビングに脱ぎ捨てられていた佐久良の服を取りに行った。そこに御堂がいるのだが、会話はなかった。忙しいと言ったとおり、もう佐久良たちに興味をなくしたかのように書類に目を通している。

力の入らない人間に服を着させるのは厄介《やっかい》だ。そんな面倒《めんどう》をかけさせるのを申し訳なく思うのだが、まだ体に力が戻らず、特に腰が使いものにならない。そんな佐久良を厭《いと》うことなく、若宮が気遣いながら服を身につけさせていく。

ようやく元どおりになったのは、終わってから十分近くは経《た》ってからだった。

「班長、移動しますね」

若宮が佐久良をまた横抱きに持ち上げる。さっきのように短い距離ならまだしも、佐久良を抱き上げたまま、どこまで移動しようというのか。佐久良の疑問は部屋を出たところで解消された。

「早かったな」

ドアの外で待っていた望月に、若宮が声をかける。望月はその手に佐久良のコートと靴《くつ》を持っていた。

「先に電話で部屋を取ってからフロントに行きましたからね」

だから、手続きが早かったのだと望月が答える。どうやら動けない佐久良のために、このホテルの他の部屋を押さえてくれたようだ。

「ここより二つ下の階のツインを取りました」

「安定は悪いけど、もうちょっとだけ我慢《がまん》してください。俺は役得だけどね」

エレベーターまで移動する間、若宮がおどけた口調で佐久良に言った。御堂が見えなくなったからか、若宮の態度が随分と和らいだ。佐久良を安心させるように微笑《ほほえ》みかける余裕まで出てきた。

「重いだろう。悪いな」

「このために鍛《きた》えてるんで」

その言葉を裏付けるのは、抱き上げられているのに不安を感じない安定感があることだ。若宮は着やせするタイプらしく、スーツのときはスリムに見えるのだが、脱ぐとしっかりとした筋肉があった。トレーニングをしているところを見たことはないが、見えないところで努力しているのだろう。

依然として佐久良は抱き上げられたまま、三人でエレベーターに乗り込む。幸い、誰も乗り合わせることなかった。

望月が取った部屋はエレベーターを降りるとすぐだった。若宮は最後まで揺らぐことなく佐久良を運び、一人がけのソファに座らせる。

さっきまでいた御堂の部屋に比べると、シンプルなツインの部屋だった。ベッドもシングルサイズで、それが二つ間を開けておいてあり、窓辺には一人がけのソファが二つ、丸テーブルを挟んで並べられている。

「あの男と何があったのか、詳しく話を聞いてもいいですか?」

佐久良の向かいのソファに座った望月が待ちかねたように尋ねた。若宮はそばのベッドに腰かけている。

「……昨日、若宮に車でマンションまで送ってもらったとき、地下駐車場でキスをした。その写真を撮られた。その後のことも動画に収められてた」

「カーセックスと言ってましたけど？」

「手で扱いてイカせただけだ。服も脱がせてないし、セックスと言われるほどのことまではしてない」

望月の追及に若宮が弁解する。

確かに、映像に残っていたのは胸元から上だけで、はっきりとわかるのはキスをしていたところと若宮が佐久良のシャツの隙間に手を差し込んでいるところだけだ。だが、軽い冗談だと言わせないものがあった。

「誤魔化《ごまか》しはできなかった。自分のあんな顔を見せられてはな」

佐久良が自嘲《じちょう》気味《ぎみ》に笑うと、望月も若宮も言葉をなくす。実際に佐久良を抱いている二人は、快感に流され乱れる佐久良の表情を誰よりもよく知っているからだ。

「御堂の狙いはなんだったんですか？」

「俺の弱みを摑んで、警察の情報を流させたり、融通《ゆうずう》を利《き》かせたりすることだ」

「それは断ったんですね？」

断っていなければ、さっきのような状況にならないだろうと、望月に確認を求められ、佐久良は頷く。

「俺にはできない。そんな真似をするくらいなら、警察を辞める」

「俺もやめますよ。俺は誰に知られても平気です」

「あんたはそうでも……」

「お前ならそう言うと思ってた」

怒る望月を遮《さえぎ》り、佐久良は若宮に笑いかける。きっと若宮ならそう言うだろうと思っていた。そんな若宮で嬉《うれ》しかった。

「だから、俺はお前の意見は聞かずに、バラされても仕方がないと要求を撥ねのけたんだ。だが……」

佐久良はそこで言葉を詰まらせる。思い浮かぶのは家族の顔だ。

「このことが公《おおやけ》になれば、家族に迷惑がかかる。それを言われると俺はもう何もできなかった。黙っている代わりに体を要求されて、それで済むならと思った」

全てを話し終え、佐久良は深い息を吐く。

二人のおかげで御堂からは逃れられたものの、問題が先送りになっただけだということはわかっている。それは二人もわかっている。だから、佐久良の告白に、二人は何も言えないでいるのだろう。

「二人はどうして、ここがわかったんだ?」

二人が何も言わないならと、佐久良は気になっていたことを尋ねた。

「班長の様子がおかしかったと、本条《ほんじょう》さんに教えてもらいました」

「でも、それだけじゃ、この場所まではわからないだろう?」

「メールの画面が一瞬見えたそうです。御堂の名前とこのホテルの名前が書いてあったと。そのメールを見てから、班長の様子がおかしくなったと本条さんは言ってました」

それを聞いた望月が若宮に連絡し、このホテルに駆《か》けつけたというわけだ。さすがに部屋番号まではわからなかったが、そこは現職刑事だ。警察手帳を使ってフロントで聞き出したと言う。

「本条さんにまで心配をかけて、俺は何をしてるんだか」

佐久良は情けない自分に呆《あき》れるしかない。

「今回の件、班長に責任はありません」

「いや、だが……」

「見られるような場所で仕掛けた若宮さんには責任がありますけど。俺が言いたいのはそういうことではなく、その一件がなくても、御堂は班長に何かを仕掛けてきただろうということです」

望月の言葉は俄《にわか》には信じられなかった。それが佐久良の態度に出ていたのだろう。望月は説明を続ける。

「考えてみてください。御堂は刑事事件専門の弁護士《べんごし》です。そして、あくどい真似をして実績を上げてきた男です。なのに今更《いまさら》、捜査一課の班長レベルのパイプを欲しがると思いますか?」

佐久良はあっと声を上げただけだが、

「とっくに持ってておかしくないってことか?」

若宮ははっきりと答えを求めて問い返す。望月はそうだと頷いた。

「だったら、御堂の狙いはなんだよ」

「班長を傷つけること」

望月の答えに、佐久良だけでなく若宮も絶句した。

「ちょっと待て。同級生と言っても、ほとんど接点はなかったし、今回の事件で再会するまで会ったこともなかったんだ。恨まれるような覚えなんて……」

「恨まれたんじゃなくて、妬《ねた》まれたんだと思います」

どうしてそんなふうに言えるのか、不思議《ふしぎ》なほど、望月の声に迷いはなかった。

「さっきの御堂の班長への態度を見て気付いたんです。あの男は意図的に班長を傷つけようとしていました。体が欲しいならそんなことをする必要はないはずです」

「確かに、班長への当たりがやたらキツかったな」

若宮もさっきの御堂を思い出すようにして言った。

「俺はどちらかと言えば、御堂側の人間だからわかるんです。俺たちみたいな人間からしたら、班長は綺麗《きれい》すぎるんです」

「綺麗？」

自分には不似合いな言葉が出てきて、佐久良はその意味を尋ねる。

「まっすぐと言えばいいんでしょうか。人として歪んでないんです。だから俺は班長が欲しかったし、あの男は汚《けが》そうと思った」

「ああ、お前はねじ曲がってるもんな」

若宮が笑いながら納得している。

「本当に望月の言うようなことを御堂は考えているんだろうか」

佐久良だけはまだ納得できないでいた。自分が望月の言うような人間だとは思えないが、望月の目にはそう映っているのだとしても、御堂がそんなことのために時間を割《さ》くとは思えなかった。

「班長は自分の魅力《みりょく》に無頓着《むとんちゃく》すぎます。良くも悪くも人を惹きつけるんです」

「だから、俺たちみたいなのに捕《つか》まっちゃったんですよ」

諭《さと》そうと真面目な顔の望月とは対照的に、若宮はクスクスと楽しそうに笑っている。

「俺がお前らを捕まえたんだと思ってた」

佐久良がそう答えると、二人の顔が綻《ほころ》ぶ。

二人が当たり前のように佐久良を助け、当たり前のように佐久良のことを考えてくれる。それが何より嬉しかった。おかげで緊張で強ばっていた体も解れてきた。

「望月の言うことを信じよう。それで俺は何をすればいい？」

望月とタイプが似ているというのなら、その対処《たいしょ》方法も望月が決めたほうがいいだろう。だから、佐久良はこの先の行動を委《ゆだ》ねた。

「今回はなんとか未遂《みすい》に終わりましたが、次も上手《うま》くいくとは限りません。俺たちがなんとかしますから、班長は絶対に一人では会わないでください」

「とにかく一人では行動しない、呼び出されてもできるだけ引き延ばすって、約束してください」

望月と若宮が口々に釘《くぎ》を刺してくる。

「それだと、俺は何もできないんだが」

「班長にあいつと関わることをしてほしくないんで、何もしないでください」

「それに、ちょっとギリギリなことをするかもしれないので、班長は何も知らないってことにしておいてください。もちろん、法に触れない範囲《はんい》にしますから」

「だったら、尚更、お前たちだけにさせるわけには……」

「何もしなくていいですから」

強い口調で若宮が佐久良の言葉を遮る。

「その代わり、もう二度と、あの男にこの体を触れさせないでください」

「それだけが俺たちの願いです」

あまりに真摯《しんし》な二人の口調に、佐久良は頷くしかなかった。

5

　翌朝、佐久良は自宅マンションに戻り、着替えをしてから出勤した。万《まん》が一《いち》、御堂と鉢合《はちあ》わせをしたときのためにと、若宮が朝まで一緒にいて、マンションにも送ってくれた。望月はというと、何かすることがあるのだと昨晩《ゆうべ》一人で帰ってしまった。きっと御堂に関することなのだろう。任せてしまうのは心苦しかったが、そうさせてほしいのだと言われると、手出しも口出しもできなかった。

「班長、大丈夫ですか？」

　電車でふらつく佐久良に、若宮が心配してその顔を覗き込んで尋ねる。

「なんとかな」

　佐久良は苦笑いで答える。強がろうにも腰に力が入っていない状態では説得力がない。昨夜の行為が後を引いていて、体力が回復しないだけでなく、後ろにまだ何か入っているような感覚のせいで、歩き方がぎこちなくなっていた。

「本当は班長を休ませてあげたいんですけど、今日ばかりはね」

「ああ。俺も休むつもりはない」

　たとえ、高熱が出ていたとしても、今日の取り調べは自分が担当しただろう。そのために昨日までの捜査があったのだ。

若宮と二人で揃《そろ》って本庁に出勤し、一課に入ると、本来ならいるはずのない一課長に出迎《でむか》えられた。

「佐久良、今日こそ送致《そうち》するんだろうな？」

いつから待っていたのか、佐久良たちも午前九時の出勤時刻には余裕で間に合うように来たというのに、一課長はそれより早い出勤だったということになる。今回の事件でどこかから圧力をかけられているのかもしれない。

「今日、もう一度話を聞いてから送致します」

「二言はないな？」

一課長に念を押され、佐久良は「はい」と頷く。それで納得したのか、一課長は早々に一課を出て行った。

「おはようございます」

挨拶《あいさつ》のできる雰囲気《ふんいき》ではなかったからか、一課長がいなくなってから、班員たちが口々に挨拶をしてくる。佐久良もそれに答えてから、

「早速《さっそく》だが、小宮陽人《こみやはると》を連れてきてくれ。今日の取り調べは俺がする」

昨日、取り調べを担当した刑事に指示を出す。

佐久良は先に森村《もりむら》を伴《ともな》い、取調室に向かう。陽人の顔は知っているが、対面するのは初めてだ。遅れてやってきた陽人は一昨日《おととい》見たときよりも更にやつれていた。

「あまり眠れてないのかな?」

まずは様子を窺《うかが》う言葉を口にすると、陽人は力なく頷く。

「そろそろ終わらせようか」

佐久良の声に、陽人がぼんやりとした視線を向けてくる。

「昨日、高見《たかみ》さんに会ってきたよ」

「どんな様子でしたか?」

佐久良があえて愛理《あいり》の名前を出すと、それがずっと知りたかったのか、陽人は食い気味に尋ねてきた。

「元気だったよ」

「元気なんだ……」

陽人が独《ひと》り言《ごと》のようにぼそっと呟く。その表情は驚《おどろ》きを見せていた。

きっと陽人の中では、愛理もまた陽人のように心労で塞いでいるはずだったのだろう。だが、佐久良からの返事は予想に反した。

「君と違って、彼女はその場にいただけだ。だから、罪悪感《ざいあくかん》もないし、日常に戻るのも早いんだろうな」

「そんなっ……」

陽人が初めて大きな声を出した。愛理はそんなふうには考えていないはずだと言いたげな態度に、佐久良は自らの推測《すいそく》が正解なのではと確信する。

「そう思いたくなるのも無理はないよ。君は彼女を庇《かば》って罪《つみ》を犯《おか》したんだからね」

気持ちはわかると佐久良が頷いて見せると、陽人は唇《くちびる》を噛みしめて俯《うつむ》く。

「でも、君は偉いな。ただの友達のためにそこまでするなんて」

「違います。恋人です。付き合い始めたばかりですけど」

陽人がぱっと顔を上げ、必死の形相《ぎょうそう》で言い募《つの》る。まさに佐久良の期待どおりの答えだ。この流れになるよう、佐久良は計画的に話を進めていた。

「そうなのか？　でも、彼女は友達だと言ってたよ」

「嘘《うそ》です。付き合ってほしいって告白して、ちゃんとラインでＯＫをもらってるんです」

「そのラインのやりとりを見せてもらっても？」

「それは……」

陽人がさっきまでの勢いをなくし、急に口ごもる。

「見せられない？」

「消したから」

「どうして、消す必要があったのかな？」

佐久良はじわじわと陽人を追い詰めていく。恋人ならそのやりとりを消す必要はない。むしろ告白を受け入れてもらえたのなら、大事に残しておくのではないだろうか。ここが追及のしどころだ。

顔が真っ青から真っ白へと変わるほど、顔色をなくす陽人に同情心が湧いてくる。佐久良は何も陽人を追い詰めたいわけでもいたぶりたいわけでもない。ただ真実を知りたいだけだ。それさえ話してくれればいいのだ。

「俺が君と彼女が恋人同士ではないと思ったのは、彼女が俺の個人的な連絡先を知りたがったからなんだ」

佐久良の言葉に、今度ははっきりと陽人の顔に驚愕《きょうがく》の色が見えた。目を見開き、すぐには言葉が出ないのか、口をぱくぱくとさせている。

「班長は見てのとおりのいい男だからね。俺も一緒に行ってたんだけど、ろくに顔も見てもらえなかったよ」

そばにいた森村が苦笑いで言った。佐久良が何をしようとしているのか、その意図を読み取ったからこそのフォローだ。

「それに班長は君と同じで実家がお金持ちなんだよ。一目瞭然《いちもくりょうぜん》の超優良物件だから、目移りするのも当然だけど」

呆然としている陽人に森村が畳《たた》み掛けた。机に乗せていた陽人の両手がぶるぶると震えている。

もう一押しで落ちる。佐久良は確信し、トドメを刺す。

「これが彼女から届いたよ」

佐久良は自身のスマホに届いた愛理からのメールを見るよう、陽人を促す。

去り際《ぎわ》に渡したアドレスに、昨日のうちにメールが届いていたのだ。もっとも、佐久良はそれをすぐには確認できなかった。ホテルでの一件があったからで、気付いたのは深夜になってからだった。

愛理のメールには陽人について一言もなかった。ただ佐久良へ、手土産の礼とおいしかったという感想、さらには何かわかることがあるかもしれないから、いつでも話を聞きに来てほしいという、捜査協力に見せかけた誘い文句だけだった。

本来なら真っ先に自分を庇ってくれた陽人を心配するだろう。だが、愛理はそれをしなかった。きっと愛理の中では、陽人は恋人ではなく、自分の言いなりになってくれる下僕《げぼく》のような存在なのかもしれない。だから、気にもしないで平気でいられるのだ。

「本当に君が突き飛ばしたのかな？」

質問する佐久良に向けた陽人の顔には、驚きではなく、どこか諦めたような色があった。

「彼女がね、あのときの状況を思い出したからって、再現してくれたんだよ。だけど、彼女の言うようにしてみても、被害者《ひがいしゃ》はあんなふうには倒れないんだ」

それは警視庁《けいしちょう》内で何度も再現してみた結果だ。刑事たちを集め、何度も何度も愛理が言ったように腕を振り払ってみた。だが、一度たりとも、被害者役の刑事が仰向《あおむ》けになって倒れ込むことはなかったのだ。

『絶対』がないことはわかっている。偶然に偶然が重なれば、そんな体勢で倒れ込むこともあるかもしれない。それでも、両手で押し返すように突き飛ばしたとするほうがもっとも自然な流れだった。

それなら、何故そう証言《しょうげん》しなかったのか。きっと、愛理ではなく陽人が突き飛ばしたことにするためには、腕を振り払ったというほうが自然だと考えたのだろう。

「まだ、彼女を庇うかい？」

佐久良の問いかけに、陽人はゆっくりと首を横に振った。

「好きだから守りたかったんです。でも、高見さんは俺のことなんか初めから好きじゃなかったんですね」

陽人の声は震えていた。それは怒りのせいなのか、悲しみによるものなのかはわからないが、それでも今までで一番声に力は感じられた。嘘を語るのではなく、正直な自分の気持ちを話し始めたからだろう。

「あのとき、本当は俺、あそこにいなかったんです」

陽人がようやく、あの日の真実を話し始めた。

あの日、二人は実際にデートをしていた。だが、陽人は午後九時には帰宅していた。その後、愛理から呼び出されたのだという。愛理からはしつこくナンパされて、腕を掴まれたからふりほどいたら、その弾《はず》みで男が死んでしまったのだと教えられた。

「それで君に罪を被《かぶ》ってくれと言ったんだね？」

　佐久良の問いかけに陽人は頷く。

「俺の家なら優秀な弁護士を雇《やと》えるから、正当防衛《せいとうぼうえい》で無罪になるって」

「実際、君のために優秀な弁護士がやってきたしね。そこは彼女の言うとおりだったわけだ」

「高見さんには、こんな取り調べとか耐《た》えられないと思ったんです」

　陽人はそのときのことを思い出したらしく、そう言ってから歪んだ笑みを浮かべた。

「母親には嫌われてるから、弁護士どころか、こんな面倒を起こしたら家を追い出されるし、そうなったら俺とは一緒にいられなくなるって泣かれてしまって。きっとあれも嘘だったんですね」

　愛理が母親と不仲だとは聞いていないが、殺人事件《さつじんじけん》に巻き込まれた娘を放っておくあたり、関心は薄《うす》そうだ。だが、それを陽人に教えたところで救いにはならないだろう。

「君は彼女に言われるまま、教えられたとおりの証言をしたということか」

「そうです」

「つまり、被害者を突き飛ばしたのは、君じゃなくて高見愛理なんだね？」

　これまでの全てをひっくり返す質問に、陽人はしっかりと頷いた。

　ラインのやりとりを消したのも、呼び出したことがばれないようにと言われ、素直に従ったものの、陽人が逮捕された後の愛理の態度を振り返れば、陽人との関わり全てを消してしまおうとしたとしか考えられない。陽人もそのことに気付いたようだ。

だが、愛理は気を抜くのが早すぎた。どうして、こんな扱《あつか》いをされてまで、陽人が愛理を守り続けると思ったのか。陽人の判決が下るまで、愛理はしおらしく彼女の振りをしているべきだったのだ。少女の傲慢《ごうまん》さか、浅はかさなのか。佐久良には愛理のことが微塵《みじん》も理解できなかった。

佐久良は森村をその場に残し、席を外す。隣の部屋では班員たちが取り調べ風景を見ているはずだった。

「班長、やりましたね」

隣の部屋に顔を出した佐久良を、その場にいた全員が笑顔で迎え入れた。

「喜ぶのはまだ早い。小宮陽人がその場にいなかったという証拠を見つけるんだ」

佐久良は表情を引き締めたままで、指示を出す。

「若宮、望月、高見愛理の身柄《みがら》を確保だ。慎重《しんちょう》に連行してこい」

佐久良の命令に二人が頷き、すぐに部屋を出て行った。

「小宮陽人はどうしますか?」

残っていた佐々木《ささき》が隣室の様子をマジックミラーで窺いながら尋ねる。

「釈放《しゃくほう》する。元々、本人たちの証言しかなかったんだ。それが崩れた今、留めておく理由がない」

「ですね」

納得した佐々木たちにも聞き込みの指示を出すと、佐久良は早々に陽人の釈放の手続きを開始した。偽証《ぎしょう》の罪はあるものの、身柄を確保するほどのことではないし、陽人には逃亡《とうぼう》のおそれもない。ただ念のため、愛理と連絡が取れないよう、愛理の身柄を押さえてからの釈放にすることにした。

陽人の引き受けには、父親ではなく御堂がやってきた。担当弁護士だから、御堂に連絡せざるを得なかったのだが、そこは森村に任せた。仕事は仕事だと割り切るつもりではいるが、できるだけ接点を持ちたくないのも事実だ。

それでも顔を合わせないわけにはいかず、陽人の引き渡しに立ち会った。

「正当防衛どころか、まさか何もやってないとはな」

佐久良から最新の供述内容を聞かされた御堂は、完全に呆れ顔だ。もっとも御堂の場合、依頼人を信じていて裏切られたとショックを受けることもないだろう。隣にいる陽人を労《いたわ》る様子もなく、ただ淡々《たんたん》と手続きを済ませていた。

「よく調べたもんだ」

「それが俺たちの仕事だからな」

驕《おご》りでもなく、それが事実だと伝える佐久良に、御堂がふっと鼻先で笑う。昨日の痴態《ちたい》を見た後だ。きっと心の中ではもっとあからさまな嘲笑《ちょうしょう》をしているのだろう。

「それじゃ、彼は連れて帰らせてもらう」

「ああ。よろしく頼む」

表面上は刑事と弁護士としての態度を崩さずに済んだ。佐久良はほっとして、立ち去る御堂の後ろ姿を見送る。だが、その歩みはすぐに止まった。御堂は陽人に何か言い置いてから、佐久良の元に戻ってくる。

「例の件は、この事件が完全に片付いてからゆっくり話そう」

佐久良の肩に手を置き、佐久良にしか届かないくらいの声でそう言うと、今度こそ、足早にその場を離れていった。

状況はどうあれ、今はありがたい申し出だった。佐久良もまだこの事件の捜査で余裕がないし、御堂にしても陽人にはまだ偽証罪が残っている。完全に弁護が終わりというわけではないだろう。

「何か言われたんですか?」

背後から近づいてきた望月に問いかけられる。その隣に若宮がいないのは、連行してきた愛理の様子を見ているからだろう。

「大丈夫だ。心配してわざわざ来たんだろうが、警視庁内で何か仕掛けてくるほど、あいつも馬鹿じゃない」

「馬鹿じゃないから厄介なんです」

望月が苦々《にがにが》しげに顔を歪める。

「だが、時間の猶予《ゆうよ》は出来たぞ」

佐久良はさっきの御堂の台詞を望月に伝えた。望月にしても何か仕掛けるには時間が必要だったのだろう。明らかにほっとしたような顔になった。

「高見愛理は取り調べ中か？」

「はい。予定どおり、立川《たちかわ》さんたちが始めています」

それは愛理を連れてきたときに決めたことだ。佐久良や若宮が出て行けば、また媚《こ》びを売って女の顔を見せるだろうから、そうではない、本当の愛理を見るために、あえて一番年配の立川に任せることにしたのだ。

『だから、何度も話したじゃないですか』

佐久良が取調室の隣室に入ると、苛立ったような愛理の声が聞こえてきた。

『それはどうだろう。映画の帰りにナンパされたって話だけど、君たちが見た映画は、ナンパされたという時刻の一時間も前に終わってるんだ。その間、何をしてたんだ？』

『えっと、お茶してました』

『どこで？』

『覚えてません』

また愛理の「覚えていない」が出た。こう言えば、全て免《まぬが》れられるとでも思っているのだろうか。さすがにこれは無理がありすぎる。立川もそう思ったのだろう。呆れたように溜息を吐いたのがわかった。

「ずっとこんな調子か？」

佐久良の問いかけに、その場にいた若宮が苦笑いで頷いた。

「凄《すご》いですよ。愛想《あいそ》笑いの一つもしないいんだから」

自分のときとは態度がまるで違うと、若宮が呆れている。

愛理にはまだ陽人が真相を打ち明けたことは話していない。教えたとしても、愛理は陽人が言い逃《のが》れしているだけだと言うだろう。だから、その前に愛理がぼろを出すよう、話を誘導《ゆうどう》する作戦だった。

『佐久良さんはいないんですか？』

『班長は捜査に出ている』

立川はあらかじめ決めてあったとおりの答えを返した。愛理がそう尋ねることは予想できていた。

『班長なら何か話してくれるのか？』

『……思い出すかもしれません』

愛理の答えに吹き出さなかった立川は立派だ。隣室にいた佐久良たちは全員、失笑したのだから。

「どうします？　班長、ご指名ですよ」

「また新しい、思い出した話でも聞いてくるかな」

そうは言いながら、佐久良はすぐに動かない。朝から聞き込みに出ていたメンバーが何か摑んできてはくれないかと、それを待っていた。

そんな気持ちが通じたのだろうか。佐久良のスマホが着信を知らせる。着信表示は渋谷署だった。

「お疲れさまです。佐久良です」

応対に出た佐久良に対して、渋谷署刑事課の課長は見事な成果を報告してくれた。ずっと現場近くの店を虱潰《しらみつぶ》しに当たっていて、ようやく被害者の映っている防犯《ぼうはん》カメラの映像を見つけたのだ。被害者は事件当日の午後八時頃、カラオケ店に少女と二人で来店した。その少女こそ、愛理だった。

佐久良は礼を言い、捜査の労をねぎらい、電話を切った。

「班長、やりましたね」

電話の内容を聞いた若宮が、嬉しそうな笑顔を向けてくる。

「ああ。これで一気に自供を引き出そう。行ってくる」

佐久良は意気込んで取調室に向かった。

「あ、佐久良さん」

佐久良の顔を見た途端《とたん》、愛理が笑顔を見せる。

立川が立ち上がり、佐久良のために愛理の向かいの椅子《いす》を空《あ》けてくれた。佐久良はそこに腰を下ろす。

「君に少し確認しておきたいことがあるんだ」

「なんですか?」

さっきまでの立川に対する態度とはまるで違い、なんでも聞いてほしいとばかりに愛理は身を乗り出してくる。

「渋谷にある『歌王』というカラオケ店、知ってるよね?」

「えっ……」

予想外の質問だったからか、愛理は咄嗟《とっさ》に表情を繕《つくろ》うこともできず、店くらいなら知っていてもおかしくないのに、何も言えず、ただ言葉を詰まらせた。

「そこに被害者の男性と君が二人で入店するところが防犯カメラに映ってた。ナンパされたのは午後十時半じゃなく、陽人くんと別れた直後だったんじゃないのか?」

入店と退店の時刻がはっきりとしているから、簡単に二人のその日の行動を把握《はあく》できた。午後十時半はカラオケ店を退店してすぐの時刻だった。

愛理は俯いて何も答えない。きっと頭の中でどうやって切り抜けるかを必死で考えているのだろう。

「黙秘《もくひ》するかい？　でも君が嘘を吐いているのはもう明らかなんだ。時間をかけても意味がないよ」

佐久良は淡々と事実を突きつける。二人がカラオケ店で一緒に時間を過ごしたことが明らかになった時点で、映画帰りの陽人と一緒のときにナンパされたのは嘘だとわかったのだ。

愛理はしばらく無言だった。何かを考えているような顔で視線は宙に向いていたが、やがて大きく息を吐いた。

「陽人くんと別れた後、ナンパされてカラオケに行きました。でも、陽人くんは帰ってなかったんです。店の前で待ち伏《ぶ》せしてて、それであの人と言い争いになりました。目立つから場所を変えようって言い出したのはあの人です」

そこが被害者の発見された場所で、二人は愛理そっちのけで摑み合いを始め、結果、被害者は突き飛ばされ、死んでしまったというのが愛理の言い分だ。この短い時間によく考えたものだ。これならナンパされてついていったことが恥ずかしかったから黙っていたという言い訳もでき、さらには陽人を正当防衛にするために嘘を吐いたことにもできる。

「なるほど。だから、自分は関係ないと言いたいんだね」

「そりゃ、私のせいで陽人くんがあんなことをしたのは悪いと思うけど……」

愛理がしおらしく言いながらも、自分に罪はないのだと訴える。けれど、それは佐久良に響かなかった。

「今の君の話だけど、陽人くんには実現不可能なんだよ」

「えっ？」

まさか佐久良がそんなにはっきりと否定するとは思わなかったのか、愛理はぽかんとした顔で見返してくる。

「君たちがカラオケ店を出た時刻に、陽人くんがそこにいることはできないんだ」

それは昨日、陽人本人から聞いて裏付けも取れている。あの日、陽人は自宅に帰った後、近所のコンビニに行っていたのだ。そこの防犯カメラに本人が映っていたし、店員も陽人の来店を覚えていた。その時刻が午後十時。そのコンビニから渋谷の事件現場まではどう急いでも一時間近くはかかる。午後十時半に渋谷で事件を起こすのは、陽人には無理だった。

今まで陽人がその事実を隠していたのは、自分にアリバイがあっては愛理の罪を被ることができないからに他ならない。だが、もう愛理を庇う必要はなくなったから、自らのアリバイを証言したというわけだ。

佐久良の説明を聞いていた愛理の顔が次第に歪んでいく。自分の思いどおりにことが進まなかったことへの苛立ちなのか、苦々しげな顔になり、ついには可愛い女子高生の仮面を脱ぎ捨て、醜《みにく》い顔で舌打ちまでする。

「陽人くん、裏切ったんだ」

「最初に裏切ったのは君じゃないのか？」

「私が？　どうして？」

本当に意外だとばかりに、愛理が驚いた顔で問い返す。

「陽人くんは君と恋人になれたと喜んでた。けれど、君は違うと言った」

「それくらいで裏切ったことになるの？　信じられない」

愛理は吐き捨てるように言った。この場にいない陽人を責める言葉は、佐久良からすれば信じられないものだった。

「あんな地味《じみ》な子が、本気で私と付き合えるわけないじゃない」

高飛車《たかびしゃ》で傲慢な台詞が女子高生の口から出たことに、佐久良は唖然《あぜん》として言葉が出なかったものの、すぐに呆れた笑いが漏《も》れた。立川も隣で失笑している。

「なんで笑うの？」

ついに愛理から媚びた表情が取れた。佐久良が全く愛理に興味を抱いていないばかりか、犯《はん》罪者《ざいしゃ》だと疑った目で見ていることがわかったのだろう。

「どうして君がそこまで自分を特別な存在と思えるのか不思議でね。君にあるのは、ほんの少し整った顔と、女子高生という若さだ。君の周りの子もみんなそうじゃないか」

愛理には現実を見せるべきだ。そして、自分が犯した罪を自分で償《つぐな》わせなければならない。そうさせるのが佐久良の役目だ。

「現に陽人くんだって、君が恋人だと思ってたから庇っていただけで、そうじゃないのがわかったから、真実を話したんだ。ただの同級生でしかない君に、何かしてあげたいと思うだけの価値はないってことだ」

佐久良はあえて冷たい言葉ばかりを選んでぶつけた。やんわりとした回りくどい説教など愛理には届かない。それはこれまでのやりとりでわかっていた。

「君が陽人くんの想いを誠実に受け止めていたら、今回の事件は起こらなかったはずだ」

全ては愛理の驕りが引き起こしたことだ。そもそも陽人ときちんと付き合っていれば、ナンパにも応じたりしなかっただろう。挙《あ》げ句《く》、罪を被せた陽人をないがしろにして、自らの犯行が露見《ろけん》するきっかけまで作ることになった。

「私が悪いんじゃない。ちょっと時間潰しで付き合っただけなのに、調子に乗ってホテルに行こうなんて言うから……」

だから突き飛ばしたのだと愛理は自供した。まさか死ぬとは思わなかったというおきまりの台詞を口にしたが、他人に罪を被せた時点で、情状酌量《じょうじょうしゃくりょう》の余地《よち》はない。

そこからはもう立川に任せた。ベテランの立川なら、問題なく任せられる。

未成年相手の取り調べにしては、手厳《てきび》しいことを言いすぎたせいか、妙《みょう》に気疲れしてしまった。吐き出した息が深くなる。

「班長、お疲れさまでした」

取調室を出た班員たちが労ってくれた。全て、隣室で見ていたからだ。

「まだ終わってないがな。後は裏付け捜査だ。俺は一課長に報告してくる」

嫌なことは先延ばしにしないと、佐久良はそう言い置いて歩き出した。

6

御堂との話し合いの場は、陽人を釈放した日から一週間後に決まった。場所は佐久良が指定した。以前に若宮を連れて行ったことのある料亭《りょうてい》だ。ここにしたのは、御堂のテリトリーではなく、且《か》つ前もっておかしな仕掛けをされない場所ということで、若宮と望月、三人で相談して決めた。

「やはり、勢揃《せいぞろ》いで来てたか」

仲居に案内されてやってきた御堂は、室内に入るなり、若宮と望月の存在を指摘《してき》した。一人で来いとは言われなかったから、御堂も二人がいるのは予想していたはずだ。

「俺たちも当事者だからな」

答えたのは若宮だ。自分のせいで佐久良が脅されたことへの反省と後悔が、御堂に怒りを向けることにもなっているのだろう。御堂と対峙《たいじ》するときの表情は仕事の現場で見せるよりも険しい。

座敷《ざしき》のテーブルには二人ずつ対面する形でグラスや箸《はし》が準備されている。本来なら同級生の佐久良が御堂の隣に座るのだろうが、今日は若宮が座った。御堂よりも若宮のほうが背も高く、力も強いから、何かあったときに押さえ込めるというのが理由だ。

雰囲気が固いままの座敷に、仲居が飲み物と先付けを運んでくる。それらを全員が黙って見守っていた。今日ばかりは佐久良も気安く仲居に話しかける気にはなれなかった。

仲居が下がってから、真っ先に口を開いたのは望月だ。

「今日はこれを見せるために来ました」

望月はそう言ってテーブルの上にA４サイズの茶封筒を取り出し、御堂の前へと滑らせる。

御堂は口に運んでいた猪口《ちょこ》の中の日本酒を流し込んでから、封筒を手に取った。

「ほう……、よく調べたな」

封筒の中にあった書類に目を通した御堂が、感心したように呟く。

「俺たちは刑事だ。本職を舐《な》めるな」

若宮も調査を手伝ったらしく、御堂を威嚇《いかく》する。

ここに来る直前、佐久良もそれを見せてもらっていた。どうやって調べたのか、御堂のこれまでのやり口が、事細《ことこま》かに記されていた。恨んでいる人間が多いというから、情報も集まりやすかったのかもしれない。暴力団《ぼうりょくだん》と裏取引している証拠とも言える、御堂の事務所の人間が暴力団の構成員と金銭の受け渡しをしている瞬間の写真もあった。残念ながら御堂本人ではないから勝手にしたことだと言い逃れはできるが、そこは大勢に恨みを買っている御堂のことだ。一つ表に出れば、追い落とそうと他が追随《ついずい》してくるだろう。

「お前の力で一つ二つ揉《も》み消したところで、他にもこれだけあるんだ。お前の評判はがた落ちになるだろうな」

若宮が体ごと横を向き、御堂と交渉を始める。そこに普段のおちゃらけた雰囲気は一切ない。こんな真剣な表情を佐久良は初めて見たかもしれない。

「俺がバラせば、お前たちもバラすって？」

証拠を突きつけられても、御堂はまだ余裕の態度を崩さない。

「死なば諸共《もろとも》だ。もっとも、お前が受けるダメージのほうが大きいはずだ」

佐久良も望月もそのとおりだと頷いて見せる。

佐久良と若宮の写真は個人的な問題だ。世間的なイメージはともかく、それを非難することは差別だと言われるが、御堂に関しては職業上、許されない行為であり、弁護士も続けられなくなる可能性は高い。佐久良を脅すためだけに、今まで積み上げてきた実績や社会的地位を失ってもいいのかと、若宮は脅しをかけていた。

「佐久良だけなら言い負かせられたものを……。余計な真似しやがって」

御堂が忌々しげに吐き捨てる。

「簡単に手出しできると思うなよ。班長には俺たちがついてる」

ついぞ仕事では見せない堂々とした若宮の態度に、これが捜査にも生かされるといいのだがと、佐久良は状況を忘れ、そんなことを思ってしまう。御堂といるのに、これほど落ち着いていられるのは二人のおかげだ。

「痛み分けだな」

仕方がないと御堂が肩を竦《すく》めて言った。

「そちらの書類は差し上げます。代わりにスマホを出してください」

「消すんだろ。わかってる」

望月にそう言われ、御堂はスマホをテーブルに置いた。そして、佐久良たちに見えるように画面を操作して、問題の写真と動画を消去した。

バックアップを取っていないという保証《ほしょう》はないが、確認する術《すべ》はない。互いを信用するしかないのだ。

こんな話をしている間も、料理は順番に運ばれてきていたのだが、そうではない声が障子《しょうじ》の外からかかった。

「佐久良様、よろしいですか?」

仲居ではなく女将《おかみ》の声だ。

「どうぞ」

佐久良が答えると、障子が開き、微《かす》かに困惑《こんわく》の色を浮かべた女将がその場で話し始める。

「他のお客様が佐久良様にお目にかかりたいと仰《おっしゃ》ってるのですが……」

女将が困惑するのも納得だ。ここのような高級料亭では、来店時から他の客と鉢合わせないような配慮《はいりょ》がされていて、佐久良たちがいることも他の客にはわからないはずだった。

「どなたですか?」

「吉見《よしみ》様です」

「吉見？」

女将が口にした名前はあまりに予想外だった。吉見なら佐久良と接点はあるが、わざわざこの料亭内で会う必要もない。警視庁でいつでも会えるのだ。

自分たち三人なら呼んでも問題ないのだが、ここには御堂がいる。キャリアのエリートである吉見を、問題のある御堂とプライベートで会わせてもいいのか、佐久良は悩んだ。

「あ、ここだったんですね」

だが、佐久良の迷いも意味はなかった。女将の背後から相変わらずの空気を読まない吉見の声が聞こえてきた。

来てしまったものは仕方がない。苦笑する女将を大丈夫だと下がらせ、吉見を座敷に招き入れる。

「吉見もここに来てたのか？」

「はい。俺は家族と一緒です」

吉見は悪びれずに答える。

「あと叔父さんもいます。叔父さんに佐久良さんがここに入るのを見たから、挨拶してこいって言われたんです」

「そう……だったのか」

佐久良はかろうじて副総監《ふくそうかん》が、とは声に出さなかった。副総監が何の意図もなくそんなことを言い出すとも思えない。わざわざ吉見を使わすことに何か意味があるのだろうか。

吉見がちらっと御堂に視線を移した。御堂を見定めようという視線ではなく、佐久良たち以外に誰がいるかを確認しただけのような軽い一瞥《いちべつ》だった。

「えっと、叔父さんと父から、佐久良さんに伝言です」

「お二人から俺に？」

佐久良は驚きを隠せず問い返す。

吉見の父親が警察庁の高官だというのは聞いているが、面識はない。それに吉見とは班が違い、本条絡みで話をすることはあっても、親しいわけではなかった。

「はい。二人からです。佐久良さんには期待しているので、いつでも頼ってくれていい。とのことです」

全く予想もしなかった言葉に、佐久良は反応できなかった。素直に受け取れば喜ばしいことなのだが、副総監はともかく、全く面識のない吉見の父親に、そんなことを言われるほどの何かを成《な》し遂《と》げた覚えはない。

「なんで、それを今、俺に言ってこいって言うのかはわかんないんですけど」

伝言を頼まれた吉見も不思議そうに首を傾《かし》げている。

「そういうことなので、俺はこれで失礼します。お邪魔《じゃま》しました」

来たとき同様、吉見はふらりと立ち去った。閉め忘れられた障子は、若宮が立ち上がり代わりに閉めた。

吉見の登場により、場の空気が乱れ、話が途切れた。気まずい沈黙が続く。

最初にその空気を壊したのは御堂だった。御堂はハッと笑うように息を吐き出すと、そのまま声を上げて笑い出した。

「警視庁と警察庁が俺に釘《くぎ》を刺してくるとはな。これは高く評価されたと喜ぶべきか」

御堂は呆れ半分、驚き半分と言った顔で、飲まなければやってられないとばかりに、猪口を口に運んだ。

「まさか、本当に……?」

「そうみたいですね」

佐久良と望月も信じられないながらも、御堂の言ったこととの可能性に思い当たり、顔を見合わせる。

「どういう意味?」

ただ一人、まだ理解できていない若宮が、佐久良と望月、どちらにともなく問いかけた。

「俺が佐久良に接触しているのをどこで知ったんだか知らないが、佐久良に手を出せばお偉いさん方が黙ってないぞってことだろ」

「そういうことか、って、班長、凄いですね」

手放しで若宮に褒《ほ》められ、佐久良は否定できずに笑って誤魔化《ごまか》す。副総監にも吉見の父親にも目をかけられているわけではないのだが、それをここで若宮に教えてしまうと、せっかく御堂の牽制《けんせい》になってくれた副総監たちの気遣いをないがしろにすることになる。

「いくら俺でも警視庁と警察庁を敵には回せない。もう佐久良にちょっかいはかけない」

「当たり前だ」

「賢明《けんめい》な判断です」

若宮と望月が口々に御堂を牽制した。そのやりとりに佐久良は小さく笑う。副総監たちのおかげもあるが、御堂から佐久良に向ける毒《どく》が完全になくなったように感じられた。

御堂は話が終わっても途中で帰ることはなかった。景気のいいように見える御堂でもなかなか料亭を利用することはなく、今後の参考にもなると最後まで食事を楽しんでいた。

「ちゃんと帰りましたよ」

見送りという名目で、御堂が帰るのを見届けてきた若宮が戻ってきた。

「二人には迷惑をかけて、すまなかった」

佐久良は改めて謝罪の気持ちを言葉にし、頭を下げる。

「やめてください。班長のためじゃなく、俺たちのためにやったことですから」

「そうですよ。あんな奴に班長を取られるなんて冗談じゃない」

だから気にするなと二人は言いたいのだろう。二人の優しさが佐久良の胸を熱くする。

どうしてこの二人でなければ駄目《だめ》なのか。体から入った関係だったが、今ではもうこの二人以外に考えられない。御堂に触られていたときも体は快感を拾っていたが、心はずっと拒否していた。

「ただ、できたら最後まで俺たちだけの力で助けたかったかな」

若宮の声には残念そうな響きがあった。望月が反論しないのも、彼自身、そんなふうに思っているからだろう。

「そのことだが、俺は副総監たちに目をかけられてるわけじゃないぞ」

「だったら、さっきのは？」

「組織の人間を守るのも、上層部の責任だからじゃないか」

それに御堂と下手《へた》な繋《つな》がりを持ってしまったら、ばれたときは警察のスキャンダルになってしまう。そうなる前に手を打ったのだとも考えられる。だから、決して純粋《じゅんすい》な好意ではないのだと佐久良は思う。

「俺を無条件で守ってくれるのはお前たちだけだ」

佐久良は順番に若宮と望月の二人に真剣な瞳《ひとみ》を向けた。この想いが伝わるようにと、まっすぐに見つめる。

「班長、すぐに帰りましょう」

すくっと望月が立ち上がる。

「急いでください」

若宮も佐久良の腕を掴んで立ち上がる。そうされると佐久良も立ち上がるしかない。

「そんなに急がなくてもいいだろう」

食事はもう終わっているが、御堂もいなくなり、やっと落ち着いた時間を過ごせていたのだ。そんな佐久良の不満を二人が視線で撥ね付ける。

「ここで今すぐ抱かれたいんですか？」

「班長の部屋まで我慢するのがギリギリだから」

その言葉を表すかのような二人の熱い瞳に射竦《いすく》められ、佐久良は頷くしかできない。

時間短縮のため、望月がその場で手早くスマホを使ってタクシーを呼び、三人揃って座敷を後にする。

精算を済ませたときには、もうタクシーは店の前で待っていた。ここからなら佐久良のマンションまではワンメーターの距離だ。行き先を告げて以降は沈黙を保ったまま、すぐにマンションへと到着する。

無言のままタクシーを降り、急ぎ足でマンションに入った。エレベーターに乗り込んで、他に誰も乗っていなくても、二人は佐久良に触れてこない。それは余裕があったのではなく、御堂とのことで反省していただけだ。料亭での限界だという言葉が本当だと思い知らされたのは、玄関のドアを開けた瞬間だった。

「おいっ」

後ろから勢いよく抱きつかれ、足下がもつれた。佐久良はその犯人《はんにん》に顔を向け、抗議《こうぎ》の声を上げる。

「ここまで我慢したことを褒めてください」

抱きついてきたのは若宮だった。一番最後に入ってきたのは望月で、ドアを閉め、鍵をかけている。

「もう少し我慢しろ。ベッドに……」

「無理」

若宮に言葉を遮られ、体の向きを変えられた後、奪《うば》うように口づけられる。顔を逸《そ》らさないようにと、両頰《りょうほほ》を両手でがっちりと押さえ込まれ、若宮の舌が強引に佐久良の唇を割り開く。

佐久良の肩からコートが落とされた。若宮の両手は未《いま》だ佐久良の頰に添えられているから、望月の仕業だ。この場でするほど余裕がないのは、若宮だけではなかった。

舌を絡めてくる若宮に、佐久良も舌で応える。玄関先ではしたくないだけで、佐久良も二人を求めていた。絡み合う舌が口中で互いの唾液《だえき》をかき混ぜ、唇の端《はし》から溢れる。

「ふぁ……は……」

激しく動く舌のせいで唇が外れ、その隙間に息が零れる。自らの発した熱い息が、体の昂ぶりを教えてくれていた。

カチャカチャとベルトのバックルを外す音がやけに響く。ファスナーを下ろす音まではっきりと聞こえる。

腰に留め置くものがなくなり、スラックスが足下へと滑り落ちる。部屋の外ほどではないもののの、足が冷えた空気に晒されたことで、より強くここが扉《とびら》一枚だけしか、共有スペースと離れていないことを思い知る。

若宮がようやく唇を解放したことで、佐久良は今しかないと訴えた。

「なあ……本当に移動……しよっ……」

下着の上から股間を撫でられ、言葉が途切れる。

「晃紀《あきのり》さんだって、もうこんなになってて我慢できるんですか?」

形を変え始めた中心を手のひらでやわやわと揉みしだきながら、背後から望月が囁くように問いかける。

「できるっ……か……ら……」

「ごめんね。俺たちが無理」

そう言った若宮は至近距離で笑いかけると、頬を挟んでいた手を首筋から胸元へと下ろしていった。

ネクタイは一瞬で引き抜かれ、ベストもシャツもボタンは簡単に外される。若宮の手際の良さはまるで手品師のようだ。

「晃紀さん、足を上げてください。これ、邪魔ですよね？」

望月が「これ」と言いながら、下着のゴム部分を引っ張った。今、佐久良のシャツは前を全てはだけられ、下半身は下着だけになっている。その下着を取られてしまうと、ほぼ裸になってしまう。

「このままだと下着を濡らすことになりますけど、いいんですか？」

佐久良の耳の後ろを舐めるように望月が声を発するせいで、また中心に熱が集まっていく。おまけに若宮の手も既に胸へと到達していて、乳首を弄り始めている。望月の言うように、このままでは先走りが溢れ出すのも時間の問題だろう。

佐久良の返事を待たず、望月が下着をずらしながら、その場にしゃがみ込む。下着が脹《ふく》脛《はぎ》を通り過ぎたところで、佐久良は足を上げた。下着はスラックスとともに足から引き抜かれる。すぐに望月の手がもう片方の足にも触れた。こっちも持ち上げるようにということだろう。ここまでしておいて、今更拒むことはない。佐久良は促されるまま足を上げた。

下着もスラックスも完全に取り払われ、あまりの心許なさに、佐久良は股間を隠すように両手で覆う。

「若宮さん」

望月は呼びかけただけだった。けれど、若宮はすぐに呼ばれた意味を理解した。スラックスのポケットから何かを取り出し、望月に手渡す。

「お前も持っとけよ」

「さすがにベッドまで我慢できないとは思わないでしょう」

二人の会話から察することはできたが、視線を落とした先に現物が見えた。小袋《こぶくろ》に入った携帯用ローションだ。

若宮は正面から抱き締めるように両手を佐久良の後ろに回した。だが、その両手は背中でも腰でもなく、双丘へと辿り着く。

「やめっ……ろ……」

尻を摑んで左右に割り開かれ、佐久良は焦《あせ》った声を上げる。なんのためにそうするのか、望月が手にしていたローションでわかるからだ。

「ひっ……」

悲鳴に似た声が上がる。若宮に割り開かれ、露《あら》わになった奥に、滑った感触が与えられた。しかもそれは指ではなかった。指よりももっと柔らかいものが、後孔付近をさまよっている。

「晃紀のお尻の穴を望月が舐めてますよ」

「言うな……」

「見えてないから教えてあげたのに」

不服そうに言う若宮の表情は佐久良には見えない。恥ずかしすぎて顔が上げられなかった。

「恥ずかしい？」

問いかけに佐久良はコクコクと頷く。

「なら、恥ずかしいなんて思えなくしてあげます」

そう言うなり、若宮もその場にしゃがみ込んだ。

「ああっ……」

猛った屹立を口に含まれるのと同時に、後孔にローションの滑りを纏《まと》った指が入り込んできて、佐久良は堪らず声を上げた。廊下に聞こえるかもしれないなどと、気にする余裕はなかった。

立っている佐久良の前に若宮が、後ろに望月がいる。しゃがみ込んだ二人が佐久良を挟んでいる。

若宮は屹立に唾液をこすりつけているのか、頭を前後に動かす度に、じゅぶじゅぶと淫猥な水音がしている。後ろを解す望月も、くちゅくちゅとローションを中に擦りつける音を響かせていた。きっと二人ともわざと音を立てて、佐久良の羞恥を煽《あお》っているのだ。わかっていても、羞恥を感じずにいられない。

立ったままで前と後ろを責め立てられる。快感に全身が震え、立っているのが辛くなる。け

れど、腰を捕まえられている状況では、座り込むこともできない。

「やっ……あぁ……」

不意に足を掴まれ、若宮の肩に担《かつ》ぎ上げられる。ただでさえ不安定だったのに、片方の足で立つことなど無理だ。揺れる体を支えるため、佐久良は玄関の飾《かざ》り台に手を突いた。

後孔を弄くる指は三本にまで増えていた。柔らかく解すための指なのに、佐久良はその指の全ての動きに感じてしまい、腰を揺らめかせ、淫らな声を上げ続ける。

「ここに……、もっと熱いのが欲しくないですか？」

尻の辺りから望月が問いかけてくる。どんな答えを求められているのかはわかる。冷静ならきっと口にできない言葉も、快感に支配された今なら素直に言える。

「欲しい……入れてくれ」

佐久良は熱い息を吐き出しながら、浅ましく強請《ねだ》った。

「いいですよ。晃紀さんは指なんかじゃ、物足りませんよね」

指がすっと引き抜かれると、寂《さみ》しげに後孔がひくつく。もっと強い刺激が欲しいと、佐久良は自然と尻を望月に向けて突き出していた。

熱い昂ぶりが綻《ほころ》んだ後孔に押し当てられたものの、焦らすように周辺を掠めるだけで、中には入ってこない。その昂ぶりを追いかけるように腰が動く。

「晃紀、動きすぎだって」

佐久良の動きで口に収めきれなくなったのか、若宮が顔を離して咎《とが》めてくる。

「こっちも可愛がってほしいですよね?」

「ほしいけど……」

自分では無理なのだと震える声で佐久良は訴える。

「望月、いい加減にしろよ」

「もっといやらしい言葉で強請ってほしかったんですけど、仕方ないですね」

そうは言いながらも、望月も限界だったのだろう。若宮の肩に担がれていた佐久良の足を腕を回して抱え上げる。そして、もう片方の手は佐久良の腰を掴んで固定した。

「ああっ……」

今度こそ、待ち望んだ昂ぶりを突き入れられ、佐久良は嬌声《きょうせい》を上げた。一気に奥まで突き入れられても、痛みも圧迫感もなかったのは、体が完全に受け入れ体勢になっていたからかもしれない。

「すごい……、狭くて気持ちいい……」

うっとりしたような呟きが背後から聞こえてくる。

望月に抱かれることに佐久良が虜《とりこ》になっているのと同じく、望月もまた佐久良の体に夢中になっていてくれるのなら嬉しい。喜びに震え、体に知らず知らず力が入る。

「そんなに締め付けないでください。すぐにイカせたいんですか?」

「違っ……まだぁ……っ……」

腰を打ち付けられ、答えたいのに言葉にならない。締め付けたつもりはないし、まだイキたくない。違うのだと言葉にできない代わりに、佐久良は首を横に振る。

「こっちはいつでもイカせられますよ？」

俯いた顔の下から声がする。若宮が屹立から顔を離して、代わりに指を絡め、佐久良を見上げていた。

それは自分でもわかっていた。ずっと張り詰めていて、痛いくらいだった。すぐに達してしまいそうなのは若宮もわかっていたのか、口での愛撫はずっと緩《ゆる》やかだった。

「い……嫌……もっ……と……」

佐久良はまた首を横に振って、まだイキたくないと訴える。これでは足りない。もっと二人を感じていたかった。

「リョーカイです」

軽い口調で言った若宮が、再び屹立を口に含む。

「んっ……はぁ……」

屹立を吸い上げられてはいるが強くはない。その緩い刺激が心地よく、佐久良は甘い息を吐き出す。

望月もまた激しくは突き上げてこなかった。その代わりに小刻《こきざ》みなストロークを繰り返す。

それでも、振動しているかのような短い間隔《かんかく》の突き上げに、佐久良は徐々に追い詰められていった。

「あっ……は……あぁ……」

望月が少しだけ腰の動きを大きくした。若宮もそれに合わせて頭を前後させる。佐久良の屹立はもうこれ以上ないくらい限界に近づいていた。佐久良の口からは甘い喘ぎがひっきりなしに溢れ出ている。

冷えていたはずの玄関も佐久良の放つ熱のせいで、温度が上がっているのか、寒さなど気にならなくなっていた。むしろ、全身から汗が滲《にじ》み出している。

「も……いいっ……イクぅ……」

切羽詰まった佐久良の声に合わせ、望月が奥まで突き上げた。望月の放った熱い迸《ほとばし》りが、佐久良の中に広がり、佐久良のものは若宮の口に吸い取られる。

望月は佐久良の足を下ろしつつ、ゆっくりと萎えた自身を引き抜いた。若宮も顔を離したから、足に力の入らない佐久良は、そのままその場に崩れ落ちた。冷たい床も熱くなった体には心地よかった。

「若宮さん、駅弁ってできます？」

佐久良を見下ろしながら、望月が若宮に尋ねた。何を言い出したのかと、佐久良はまだ覚醒《かくせい》しないぼんやりとした頭で、二人の会話にただ耳を傾けていた。

「できるけど、それで歩くのは無理だな」

「それは残念。突っ込まれたままで運ばれる晃紀さんを見たかったんですけど」

「それいいな。よし、もっと鍛《きた》えよう」

珍しく二人が楽しげに会話している。だが、佐久良には笑えない内容だった。さすがにここまで言われれば、二人が何をしようとしていたのかはわかる。若宮が繋がったまま佐久良を抱き上げて運ぼうというのだ。

「そんなことのために鍛えなくていい」

怪《あや》しい真似をされないようにと、佐久良は壁に捕まりながら立ち上がる。だが、寝室に行こうと足を踏み出した途端、後孔から望月の放ったものが零れ出し、太腿を伝いだした。その感覚に佐久良は足を止める。

「あれ？　もしかして、出ちゃいました？」

「ああ、俺のが溢れたんですね」

こういうとき察しのいい二人は、すぐに佐久良の異変に気付いた。

「そのまま零しながら歩きます？　掃除《そうじ》は後で俺がしますけど」

抱えられるのは嫌だろうと、若宮が尋ねてくる。

抱き上げられて運ばれるのも恥ずかしいが、若宮のいうような状況になるのはもっと恥ずかしい。佐久良は覚悟を決めて若宮に手を伸ばす。

「運んでくれ」

「喜んで」

若宮が嬉しそうに笑って、佐久良を抱き上げる。

すっかりこんなふうに運ばれることにも慣れてしまった。抵抗がないわけではないが、二人と関係を持って以降、受け入れざるを得ない状況が多すぎた。

寝室まで移動した若宮が、佐久良の体を静かにベッドへ下ろした。

若宮にしても望月にしても、乱れているものの、まだ服は着たままだ。二人はベッドの前に立ち、佐久良に見せつけるようにして脱ぎだした。

男の体に欲情するはずがないのに、二人の持つものが佐久良を犯しているのだと思うだけで淫靡《いんび》に見え、薄《うっす》らと中心に熱が集まり始める。

「晃紀も残ってるそれ、脱ぎましょうね」

にこにこと笑いながら、若宮が足先を指さす。上半身に残っていたシャツは、既に望月が取り去っていた。残るのは靴下だけだ。

「全裸に靴下だけってのもマニアックでいいけど、それだと足先まで可愛がってあげられないから」

何が嬉しいのか、若宮は笑顔で佐久良の靴下を脱がせる。そして、素足になった指先に唇を這《は》わせた。

「やめるんだ、そんなところ……」

「汚いって？　気にしませんよ。足先から髪の毛まで丸呑みしたいくらいなんで」

そう言いながら、若宮は佐久良の足を持ち上げ、足先から踵《かかと》、踝《くるぶし》と唇を滑らせていく。

激しい快感ではないものの、じんわりとした痺《しび》れが、唇の触れた先から沸《わ》き起こる。

「それじゃ、俺はこっちですね」

望月はベッドに上がり、佐久良の胸元に顔を寄せた。

「う……んっ……」

乳首を吸い上げられ、甘く掠れた息が漏れる。

「随分と感じるようになりましたけど、最終的には人前で裸を見せられないような胸に育てます。大きくなった乳輪と乳首が赤くぷっくりと膨《ふく》れあがるのが楽しみです」

恐ろしい言葉を真顔で吐く望月に、快感を忘れて顔が引《ひ》き攣《つ》る。今でさえ、かつてよりも大きくなったと言われているのだ。

「冗談、だろう？」

「もちろん、本気です。他の人に見せなければいいだけですよ」

「ひぁっ……」

乳首を抓まれ声が上がる。片方は口で、もう片方は手で、本当に形を変えてしまいかねない勢いで、望月は愛撫を開始した。

既に一度達して、いつも以上に感じやすくなった体は、望月のもたらす愛撫に全て敏感《びんかん》に反応してしまう。腰はびくびくと跳《は》ね上がり、手は頼るものを探して顔の横でシーツを握りしめる。

「やばい。胸だけでイカされそう。もう入れますよ」

若宮はそう言うと、佐久良の足の間に腰を進めてきた。膝で立ち、自らの腰を挟むようにして佐久良の両足を抱え上げた。佐久良の体は持ち上がり、かろうじて肩から頭までがベッドについているだけになる。

「ちょっ……」

不自然な体勢をやめさせようと上げた声は、押し入ってきた昂ぶりによって途切れた。

「ああっ……」

さっきの望月とはまた違う角度で突き入れられ、嬌声が上がる。

「この角度もいいでしょ」

「や……あぁ……」

いいかどうかはわからない。ただ勝手に淫らな甘い声が溢れ出る。

腰が浮き上がってるせいか、突き上げがよりダイレクトに響くような気がする。しかも、腰が高くなっていると、ずんずんと突かれる度に、中に残った望月の精液が奥へと押し込まれ、入ってはいけないところまで流れていくのではないかという恐怖も感じる。だが、それさえも体を震わす快感へと変わっていた。

「いい感じに勃《た》ってきた」

若宮の感想が何を指してなのかは、その視線でわかる。佐久良の中心は完全に勃ち上がっていた。

「なあ、根元を縛ってくれよ。晃紀なら出さずにイケそうだろ？」

若宮は動きを止め、望月に話しかける。望月はその声に反応して顔を上げた。

「ああ、そうですね。そろそろ覚えてもらってもいい頃合いです」

若宮と望月がまたよくわからない会話を始めた。だが、それも佐久良はすぐに身をもって知ることになる。

望月がベッドを降り、何かを拾い上げ、すぐに戻ってくる。手にしていたのはネクタイだった。

今日は手を縛ることも目隠しすることも必要ないはずだ。それでも嫌な予感はする。だが、逃げ出そうにも、まだ若宮と繋がったままで、いくら動きを止めているからといって、佐久良がどうにかできる状況にはなかった。

望月がネクタイを持っていった先は、佐久良の股間だった。勃起した屹立の根元を縛るようにネクタイを一周させる。

「痛っ……」

交差したネクタイを左右に強く引っ張られ、佐久良は痛みに声を上げる。

「痛いくらいじゃないと、イッてしまいますからね」

望月はニッと笑うだけで、緩めてはくれず、そのままリボン結びで屹立を縛り上げた。

「イカせてくれないのか？」

「出さずにイッてみましょう」

若宮が軽い口調で答える。

「無理だろ、そんなの」

「晃紀ならできますよ」

何を望まれているのかわからない。

これで準備は整ったと、若宮がまた腰を使い始めた。

手を伸ばせば自分でネクタイは外せる。だが、揺さぶられると思うように体は動かせなくなる。二人に翻弄《ほんろう》されるだけになってしまう。

再開された動きは、二人ともさっきよりも激しかった。中心はとっくに勃ち上がっていたのに、それ以上になることを堰《せ》き止められ、快感が逃せない。

過ぎた快感に、嬌声も涙声に変わる。

「も……イキた……いっ……」

視界は涙で完全に滲み、若宮や望月の姿はぼやけている。その人影《ひとかげ》に向けて、佐久良は懇願《こんがん》した。

「いいよ。このままイッて」

促されてもネクタイを外してもらわないと射精できない。佐久良は嫌々をするように首を何度も横に振る。

「大丈夫。イケるから」

ほらとばかりに、ぐいっと奥を突かれた。

「いっ……ああっ……あぁ……」

ぐわんと突き抜けるような感覚に襲われ、確かに達したはずだった。けれど、射精の爽快感《そうかいかん》はなく体は燻《くすぶ》ったままだ。

「な……んで……」

佐久良は涙で滲んだ目で自身を見つめる。依然《いぜん》として固さを保っているのが、その反《そ》り返った形でわかる。

「やった。雌《めす》イキできましたね」

「雌イキ……？」

聞き慣れない言葉を、佐久良はぼんやりと繰り返す。

「出さずにイッたってことですよ」

だからこうなっているのかと、佐久良は視線の先の屹立を見つめた。

「なら、これ……、もう外して……」

佐久良は震える手で股間を指さす。腕はそこまで持ち上がらず、自力では外せなかった。

「ごめんね。泣いてる晃紀が可愛すぎて、無理させすぎました」

反省したように言って、若宮がネクタイを外す。

「外すのが早すぎですよ」

「俺ももう限界なんだよ。イクなら晃紀と一緒にイキたい」

若宮は文句を言う望月に言い返す。そして、佐久良に向けては優しい声音《こわね》に変える。

「あともう少しだけ付き合って」

その言葉に佐久良は黙って頷いた。

腰を使う若宮に対して、望月は顔を上げ、今度は佐久良の屹立に指を絡ませる。若宮に文句を言いながらも、やりすぎたと思っているらしい。だから、次は早くイカせるために手助けしようというのだろう。

荒い息づかいは若宮のものだ。限界だったというだけあって、若宮の動きにはさっきまでのような余裕はない。ただひたすら自らの快感を追っている。それでも佐久良はその動きに乱される。

「もうイクぞっ……」

合図は若宮が出した。それに合わせて望月が佐久良の先端を強く扱き上げた。

「くっ……うぅ……」

佐久良は今度こそ迸りを解き放つ。そして、若宮もまた佐久良の中で達した。望月に張り合っているのか、若宮もコンドームを着けずに射精していた。

力をなくしたものを引き抜かれると、栓《せん》がなくなったからか、奥から白濁《はくだく》とした液体が零れ出る。そのことに先に気付いたのは若宮だった。

「今、掻《か》き出しときます？」

「後でいい」

若宮の申し出を佐久良は慌てて断った。

中出しされたものを掻き出されるのは、耐えがたい行為だ。恥ずかしいのはもちろんだが、ただの作業にも感じてしまう。そして、今、そんな反応を見せれば、二人がまたやる気になるのは目に見えている。

「このまま少し休憩させてくれ」

佐久良は体力が限界だと訴えた。若宮と望月は一度ずつしか達していないが、佐久良は既に二度も射精している。しかも二度目は随分と長引かされた。体力はとっくに底をついていた。

「仕方ありませんね。ぐったりしてる晃紀さんを抱いても楽しくないですし」

望月はすぐに引き下がった。若宮も同意見らしく、それならと佐久良のために飲み物を取りに行く。

「晃紀のスマホ、なんか光ってますよ」

遠くから若宮の声がして、それはすぐに近くなった。

「メールみたいですけど。仕事ってことはないかな」

そう言いながらスマホとペットボトルを手にして、若宮が戻ってきた。

水を飲ませるために、望月は自らが支えとなって、起こした佐久良の背もたれとなっている。

そうして体を起こすことができた佐久良はまず喉の渇《かわ》きを潤《うるお》してから、スマホを受け取った。

「御堂からだな」

着信表示に御堂の名前があった。

「あの野郎、まだちょっかいかけるつもりか」

若宮が苦々しげに吐き捨て、ベッドに上がり、佐久良の隣からスマホを覗き込む。望月も当然のように後ろから覗いていた。

御堂のメールなら二人に見られても問題ない。佐久良はすぐにそのメールを開いた。

「これは……」

メールの本文を読み進めた佐久良は、その内容に驚かされた。ちらりと隣を見ると、若宮はなんとも言えない顔をしている。

「確かに、これなら約束は破《やぶ》ってませんね」

背後から聞こえてくる望月の声は、どこか楽しそうだった。自分には関係ないと面白がっているに違いない。

御堂は自分より大きい男を組み敷くのが好きで、若宮はその条件にぴったりなのだという。この間、全裸になったことで結果的に見せつけた体も御堂の好みだったらしい。約束したから佐久良にはもう手を出さないが、若宮ならいいだろうと、佐久良の了解を取り付けるためのメールだった。

「モテますね、若宮さん」

そう言った望月は堪えきれずに吹き出した。

「他人事《ひとごと》だと思いやがって」

本当に嫌なのだろう。若宮は顔を顰《しか》めるだけでなく、鳥肌が立ったと裸の腕を摩《さす》っている。

「いいじゃないですか。それで晃紀さんに害《がい》が及《およ》ばなくなるなら、若宮さんを貸し出しましょう」

「それはダメだ」

若宮ではなく、佐久良が止めた。思いがけず、その声は大きくなった。

「晃紀は俺があいつのところに行くのは嫌？」

ほんの数秒前までの表情を一変させ、若宮は嬉しそうな笑顔になる。

「当たり前だ。お前は俺のそばにいてくれ」

「いるに決まってるでしょ」

若宮は満面《まんめん》の笑みで即答《そくとう》した。

「もちろん、望月もだ」

「嫌だと言われても離れません」

答えはすぐに返ってくる。その躊躇《ためら》いのなさが本心だと教えてくれる。

背後から抱きすくめられ、隣からも抱きつかれる。肌と肌が重なり合い、まだ冷めやらぬ熱を伝える。

休みたかったはず、体力がなかったはずなのに、この体温を感じると求めずにはいられなくなる。

佐久良はごくりと生唾《なまつば》を飲み込む。その音がやけに大きく響いた。休憩時間をなくしたのは、佐久良自身だった。

あとがき

こんにちは、はじめまして。いおかいつきと申します。

前作から一年、『飴《あめ》と鞭《むち》も恋《こい》のうち』が続編発行の運びとなりました。これもひとえに皆様のおかげです。ありがとうございます。

今回の裏テーマは、班長をエロくすることだったので、肌色率が私にしては随分と高めになっております。班長が服を着る暇がないくらい……は言いすぎですが、それくらい班長は大変な目に遭っております。その辺りを楽しんでいただければ幸いです。

國沢智《くにさわとも》様。いつも素敵なイラストをありがとうございます。エロかっこいいイラストに、妄想が止まりません。

担当様。続編の機会をいただき、ありがとうございます。いつもお世話になってばかりなのに、感謝しかありません。

そして、最後にもう一度。この本を手にしてくださった方へ、最大の感謝を込めて、ありがとうございました。

二〇一九年十二月　いおかいつき

Lovers Label

飴と鞭も恋のうち
〜SECONDヴァージン〜

ラヴァーズ文庫をお買い上げいただきありがとうございます。
この作品を読んでのご意見・ご感想をお聞かせください。
あて先は下記の通りです。

〒102−0072
東京都千代田区飯田橋2-7-3
(株)竹書房 ラヴァーズ文庫編集部
いおかいつき先生係
國沢 智先生係

2020年2月7日
初版第1刷発行

●著 者
いおかいつき
●イラスト
國沢 智

●発行者 後藤明信
●発行所 株式会社 竹書房
〒102−0072
東京都千代田区飯田橋2-7-3
電話 03(3264)1576(代表)
03(3234)6246(編集部)
●ホームページ
http://bl.takeshobo.co.jp/

●印刷所 中央精版印刷株式会社

ISBN 978-4-8019-2152-8 C 0193